Das letzte Licht des Tages

LAWRENCE BLOCK

Aus dem Amerikanischen von Sepp Leeb

EINE LAWRENCE BLOCK PRODUCTION

Matt Scudder ist zurück. Über vierzig Jahre nach seinem Debut und fast zehn Jahre nach seinem letzten Fall tritt in dieser Novelle von Mystery Writers of America Grand Master Lawrence Block eine der prägendsten Figuren der Kriminalliteratur wieder auf den Plan. Auch wenn Matt, längst über das Pensionsalter hinaus, weiterhin immer einen Tag nach dem anderen trocken bleibt, machen sich die Spuren des Alters mehr und mehr bemerkbar. Er stellt jedoch fest, dass Alkoholiker nicht die Einzigen sind, die die Tage seit ihrem letzten Rückfall zählen. Seine langjährige Partnerin Elaine erzählt ihm von einer Gruppe ehemaliger Sexarbeiterinnen, die etwas ganz Ähnliches tun und sich gegenseitig helfen, nicht in ihr altes Leben zurückzukehren. Als ihr jedoch eine junge Frau von einem übergriffigen ehemaligen Freier berichtet, der ihren Rückzug aus dem Geschäft nicht akzeptieren will, rät ihr Elaine, sich eine andere Art von Hilfe zu holen. Eine Art von Hilfe, wie nur Matt Scudder sie leisten kann. *Das letzte Licht des Tages* kann nicht nur mit einem packenden Plot aufwarten, sondern auch mit einem differenzierten Porträt von Blocks bekanntester Figur, die sich mehr und mehr mit ihrer Sterblichkeit konfrontiert sieht und zugleich der jüngeren Generation beweisen will, dass er noch keineswegs zum alten Eisen gehört. Für Scudders unzählige Fans in aller Welt (darunter auch all jene, die diese Figur in Gestalt von Liam Neeson in *Ruhet in Frieden – A Walk Among the Tombstones* auf der Leinwand kennengelernt haben) ist *Das letzte Licht des Tages* ein unverhofftes Geschenk – eine Abschiedsvorstellung, die den Lesern noch einmal vor Augen hält, warum Scudder einfach unschlagbar ist.

»Matt Scudder, Blocks Privatdetektiv ohne Lizenz, hat sein Debut vor vierzig Jahren gegeben und sich die letzten zehn aus dem Geschäft zurückgezogen ... berechenbar war Block noch nie, wie diese Novelle zeigt ... Ein großartiges Buch, das seine treuen Fans daran erinnert, dass dieser Großmeister der Spannungsliteratur seine Leser immer noch zu fesseln weiß.«

—*Booklist* (Starred Review)

»Wenn wegen der Kürze auch kein Platz für Auftritte der üblichen Nebenfiguren bleibt, lassen kurze nostalgische Reminiszenzen dennoch keinen Zweifel daran, dass sie keineswegs vergessen sind. Es ist gut, Matt wieder in Aktion zu sehen.«

—*Publishers Weekly*

Dieser ist für Bill Schafer

Wir vier – Kristin und Mick, Elaine und ich – standen für die üblichen Umarmungen auf der Eingangstreppe des Brownstonehauses der beiden. Mick und ich beließen es bei einem männlichen Händedruck.

»Kommt gut nach Hause«, sagte er.

Es war ein frischer Sonntagabend Ende September, der Himmel wolkenlos, und wären wir auf dem Land gewesen, hätten wir die Sterne gesehen. In der Stadt gibt es aber immer zu viel Umgebungslicht, um die Sterne sehen zu können, und vermutlich trifft das auch im übertragenen Sinn zu. Das Umgebungslicht mildert die Dunkelheit, aber es lässt uns auch die Sterne nicht sehen.

Micks und Kristins Haus ist in der West 74th Street, zwischen Columbus und Amsterdam Avenue. Da es sich auf der Südseite der Straße befindet, wandten wir uns auf dem Gehsteig nach rechts und gingen den halben Block zur Columbus Avenue hinunter, die auf wundersame Weise zur Ninth Avenue wird, wenn sie die 60th Street quert. Unter beiden Namen führt die breite Straße nach Süden, und der Bus, der auf ihr verkehrt, hält direkt gegenüber unserer Wohnung.

Er fuhr gerade weg, als wir uns der Haltestelle an der Ecke näherten.

»Was machen wir jetzt?«, fragte Elaine. »Nehmen wir uns ein Taxi? Oder rufen wir einen Via?«

Via ist wie Uber, nur dass man sich ein Fahrzeug mit anderen teilt, weshalb die Fahrpreise entsprechend niedriger sind.

»Was dir lieber ist«, sagte ich.

»Was macht dein Knie?«

Wir waren zu Fuß zu den Ballous gegangen. Sie wohnten etwas weniger als eine Meile von uns entfernt, und bei gutem Wetter gehen wir lieber zu Fuß zu ihnen, aber diesmal hatte unterwegs mein Knie zu schmerzen begonnen.

»Inzwischen hat es sich wieder beruhigt«, sagte ich. »Auf dem Hinweg hat es etwa auf Höhe der 72nd zu spinnen aufgehört. Ist dir nach gehen?«

»Es würde mir nichts ausmachen. Aber wenn sich dein Knie auch jetzt wieder an der 72nd bemerkbar macht?«

Ich sagte etwas des Inhalts, dass wir uns darüber Gedanken machen könnten, wenn es so weit wäre, worauf wir einfach losgingen und uns dabei unterhielten wie ein altes Ehepaar, das wir ja auch geworden waren.

Ein paar Straßen weiter, Proteste meines Knies blieben aus, fielen wir in entspanntes Schweigen. Ich brach es, um zu sagen: »Als es zum Nachtisch diese Himbeertorte gab, habe ich fast erwartet, dass du von deiner Gruppe zu erzählen anfängst.«

»Das hast du gespürt? Ich habe es mir überlegt, aber dann doch sein gelassen.«

»Was hat dich davon abgehalten?«

»Eigentlich nur, weil die Unterhaltung eine andere Richtung eingeschlagen hat.« Sie verstummte, aber nach einer Weile fügte sie hinzu: »Nein, das stimmt nicht ganz. Ich dachte, dass die Unterhaltung eine andere Richtung einschlagen *würde*, wenn ich das Thema anschneide. Und das wollte ich nicht.«

Ich nickte, und sie sagte, es sei ein schöner Abend und sie sei froh, dass wir beschlossen hätten, zu Fuß zu gehen. Ich stimmte ihr zu, und wir überquerten eine weitere Straße, und mein Knie forderte mich auf zu widersprechen. Man wird alt, und alles Mögliche tut weh, und dann hört es wieder auf, und dann fängt es wieder an.

»Wahrscheinlich wollte ich es einfach für mich behalten.«

»Klar, völlig in Ordnung.«

»Ich hätte natürlich darüber reden können, ohne die Anonymität von jemand zu verletzen außer meiner eigenen. Und meine vergeudete Jugend ist nichts, was Mick und Kristin nicht wissen. Aber ihnen von den Tarts erzählen? Also, ich weiß nicht …«

»Du musst dich nicht rechtfertigen«, sagte ich. »Dir war einfach nicht danach.«

»Dein Knie fängt wieder an, oder? Lass uns ein Taxi nehmen.«

Ich schüttelte den Knopf. »So schlimm ist es wirklich nicht. Und weit ist es auch nicht mehr …«

»Ich habe einen richtigen Dickkopf geheiratet«, sagte sie.

»Du hast von Anfang an gewusst, worauf du dich bei mir einlässt«, sagte ich. »Und ›hartnäckig‹ wäre, glaube ich, zutreffender als ›dickköpfig‹. Und mit Sicherheit weniger abwertend.«

»Dabei ist mein Urteil mit ›Dickkopf‹ sowieso schon mild ausgefallen«, sagte sie. »Das erste Wort, das mir in den Sinn gekommen ist, war ›Sturschädel‹. Aber das ist sogar mir als zu abwertend erschienen.«

»Wir sind fast da«, sagte ich. »Ging doch ganz easy.«

»Ob nun abwertend oder nicht, dass es unzutreffend war, kannst du wohl nicht behaupten.«

»Du bist richtig süß, wenn du abwertend bist.«

»Das will ich doch meinen. Und wir *sind* fast da. Und du wirst als Erstes gleich mal dein Bein hochlegen, und ich hole dir einen Eisbeutel. Abgemacht?«

»Abgemacht«, sagte ich.

—•—

Ich bin schon einige Zeit trocken. Die 35-Jahre-Marke habe ich im November überschritten und das ein paar Tage nach meinem tatsächlichen Jubiläum auch bei einem Treffen erwähnt.

Immer wenn sich jemand wundert, dass ich weiterhin an Treffen der Anonymen Alkoholiker teilnehme, fällt mir dazu die Shampoo-Werbung ein:

»*Sie verwenden Head & Shoulders? Aber Sie haben doch gar keine Schuppen.*«

»*Eben!*«

Ich gehe zwar nicht mehr so oft wie früher, aber an den Freitagabendtreffen in St. Paul the Apostle nehme ich immer noch relativ regelmäßig teil. Als Elaine und ich wieder eine Beziehung anfingen – und das ist inzwischen erstaunlicherweise schon 28 Jahre her –, begann sie, zu Al-Anon-Familiengruppen zu gehen, die ihr jedoch nicht annähernd so viel brachten wie mir die AA-Treffen. Eines Abends kam sie mit einer Definition eines Al-Anon-Rückfalls nach Hause: »Ein unerwarteter Moment des Mitgefühls. Und die sind äußerst selten.«

Man könnte also sagen, es war nichts für sie.

Dann hatte sie vor ein paar Jahren von den Tarts gehört. Das war keine Abkürzung für irgendetwas noch war es der offizielle Name der Gruppe. So nannten sich einfach einige der Mitglieder in Ermangelung eines besseren Namens, und im Grund genommen war es eine anonyme Selbsthilfegruppe für Frauen, die einmal als Prostituierte gearbeitet hatten.

Als Elaine und ich uns ursprünglich kennengelernt hatten – und das war schon deutlich länger als 28 Jahre her –, war sie in dieser Branche tätig gewesen. Sie war damals ein süßes junges Callgirl gewesen und ich Detective beim NYPD, und außer meiner goldenen Dienstmarke hatte ich auch eine Frau und zwei Söhne in Syosset gehabt. Ich glaube, wir waren von Anfang an ineinander verliebt, obwohl es damals keinem von uns so richtig bewusst war, und es hielt an, bis es endete, und als uns Jahre später die Umstände wieder zusammenführten, waren wir dafür bereit. Ich hatte damals schon zu trinken aufgehört, und nach ein, zwei Jahren hörte sie auf, Freier zu empfangen, und jetzt waren wir dieses nette alte Ehepaar, das sich immer noch an seiner Zweisamkeit zu freuen schien.

Zum ersten Mal hörte ich von den Tarts, als Elaine nach dem dritten Treffen nach Hause kam. »Ich habe angefangen, an den Treffen so einer Selbsthilfegruppe teilzunehmen«, eröffnete sie mir. »Lauter Frauen, die mal im horizontalen Gewerbe tätig waren.«

»Ein Zwölf-Schritte-Programm?«

»Mehr oder weniger, aber ohne die zwölf Schritte. Eine Lady erzählt ihre Geschichte, und dann machen wir einfach, eine nach der anderen, weiter. Ich weiß allerdings noch nicht, ob es wirklich was für mich ist.«

»Ist es«, sagte ich, »und das weißt du auch.«

»Ach?«

»Du hast gesagt: ›Und dann machen wir einfach weiter‹.«

»›Wir‹ und nicht ›sie‹.«

»Mhm.«

»Wahrscheinlich hast du sogar recht. Das heißt, wahrscheinlich haben wir beide recht. Es ist tatsächlich was für mich, obwohl ich eigentlich dachte, darüber wäre ich längst hinweg.«

»Dass du dich für Sex hast bezahlen lassen.«

»Ja. Ich hatte immer den Eindruck, dass die Prostitution wesentlich mehr für mich getan hat, als sie mir *an*getan hat.«

»Das ist ein wörtliches Zitat von Churchill.«

»Von Churchill? Winston Churchill?«

»Habe ich mir jedenfalls sagen lassen. Ich war nicht dabei, um es ihn persönlich sagen zu hören.«

»Winston Churchill ist auf den Strich gegangen?«

»Das natürlich nicht. Er hat vom Alkohol gesprochen. ›Ich weiß, dass der Alkohol wesentlich mehr für mich getan hat, als er mir angetan hat.‹«

»Das ist natürlich was anderes. Wenn ich sein Bild vor Augen habe, sehe ich ihn immer mit einer Zigarre, aber er hat auch ordentlich getrunken, oder? Glaubst du, er hat recht? Was das Trinken angeht, meine ich.«

Ich sagte, das könne ich nicht beurteilen. Sie nickte und kam wieder zum Thema. »Die gängige Meinung lautet, dass es deine Selbstachtung zerstört, wenn du dich prostituierst. Meine hat es allerdings erst aufgebaut. Bevor ich in dieses Leben eingestiegen bin, hatte ich überhaupt keine.«

»Leben, Gewerbe …«

»Ich weiß, lauter Euphemismen«, sagte sie. »Auch einige andere Teilnehmerinnen verwenden sie. Andere sind deutlich direkter. ›Bis ich meine Möse zu verkaufen angefangen habe.‹ Mehr in der Richtung.«

Ich zuckte mit den Achseln.

»Als ich vor ein paar Wochen an meinem ersten Treffen teilgenommen habe«, fuhr sie fort. »Ich war so viel älter als alle anderen, dass ich mir völlig fehl am Platz vorkam. Sie waren alle super anständig gekleidet, in Röcken, Pullovern, Designerjeans. Sie haben überhaupt nicht wie Nutten ausgesehen.«

»Was immer das heißen mag.«

»Aber dann haben mich zwei begrüßt und sich mir vorgestellt, und eine dritte hat mir eine Tasse Kaffee gebracht, also habe ich mich gesetzt. Dann ging das Treffen los, und eine Frau hat ihre Geschichte erzählt. Sie hat ausgesehen wie eine Bankangestellte, die einem beim Ausfüllen eines Kreditantrags hilft, aber ihre Geschichte hatte es echt in sich. Ihr Onkel hat sich an sie rangemacht, als sie, keine Ahnung, elf war. Und fünf Jahre später hat sie ein Zuhälter gekapert. Sie ist nicht erst mal in ein Puff gekommen, um Telefondienst zu machen, nein, sie ist sofort auf dem Straßenstrich in den East Twenties gelandet.

Hauptsächlich musste sie irgendwelchen Typen im Auto einen blasen, und ein paarmal hat sie schon gedacht, es ginge ihr an den Kragen, aber irgendwie hat sie überlebt. Es war eine grauenhafte Geschichte, kein Vergleich mit meinen Erfahrungen, und trotzdem habe ich wie gebannt an ihren Lippen gehangen und einen Kloß im Hals bekommen. Ich konnte nur mit Müh und Not die Tränen zurückhalten.«

»Du hast dich mit ihr identifiziert.«

»Wahrscheinlich. Die Treffen sind immer dienstagnachmittags in der Croatian Church drüben im Westen, in der Forty-first Street.«

»Da ist nicht schwer hinzukommen.«

»Zum Glück«, sagte sie. »Soviel ich weiß, sind wir nämlich die einzige Gruppe in der ganzen Stadt. Als ich die Woche drauf wieder hingegangen bin, waren da wieder diese ganzen süßen jungen Dinger, und ich dachte mir, sie halten mich bestimmt für irgendeine durchgeknallte Alte von der Kirche, die sich im Zimmer geirrt hat, aber dann konnten sich ein paar von ihnen vom letzten Mal an mich erinnern und haben hallo gesagt, sodass ich mich wieder hingesetzt habe, und dann ging das Treffen los. Die meisten waren noch so jung, dass ich locker ihre Mutter sein könnte, und zwei hätten meine Enkelinnen sein können, wäre da nicht diese nette Engelmacherin aus dem Viertel gewesen. Aber sie verhalten sich mir gegenüber überhaupt nicht so, als wäre ich eine Frau in den Sechzigern.«

»Wobei dir natürlich schon bewusst ist, dass du wesentlich jünger aussiehst, als du tatsächlich bist.«

»Das ist wirklich süß von dir, und wahrscheinlich stimmt es sogar, aber niemand will in einer Kneipe meinen Ausweis sehen. Diese Frauen wissen, dass ich schon älter bin, aber sie behandeln mich, als wäre ich in ihrem Alter.« Sie legte den Kopf auf die Seite. »Aber vielleicht versuche ich mir das auch nur einzureden.«

»Nein«, sagte ich. »Es stimmt wahrscheinlich. Bei einem AA-Treffen spielt das Alter plötzlich keine Rolle mehr. Viel mehr als sein reales Alter interessiert uns, wie lange jemand trocken ist.«

»Heute Nachmittag«, fuhr sie fort, »war eine Frau da, die bestimmt fünf Jahre älter war als ich. Sie hat ihr Alter mit Make-up zu kaschieren versucht – wer tut das nicht? –, aber sie hat es übertrieben und damit nur das Gegenteil erreicht.«

»Eine Veteranin sozusagen?«

»In der Branche auf jeden Fall. Aber nicht bei Tarts. Sie hat ihren letzten Freier erst vor drei oder vier Tagen abgefertigt.«

»Nein!«

»Wenn es wirklich ihr letzter Freier bleibt. Sie versucht nämlich schon eine ganze Weile auszusteigen. Sie wohnt in einem Haus in Murray Hill und hat einen der Hausmeister zu sich kommen lassen, um ihn zu fragen, wieviel es kosten würde, ihre Fenster zu putzen. Er nannte ihr einen Preis, und sie meinte, das wäre ein bisschen viel, worauf er sie nur ansah und meinte, da müsste sich doch eine Lösung finden lassen.«

»Und das ist ihnen auch gelungen, nehme ich mal an.«

»Was sagt Mehitabel immer in *archy und mehitabel*? ›Da ist noch Leben in der alten Dame.‹«

»Und das hat sie gesagt?«

»Was sie gesagt hat, und zwar wortwörtlich, war: ›Ich habe

ihn ins Schlafzimmer mitgenommen und ordentlich durchgevögelt.‹«

»Ich hoffe, die Fenster waren hinterher auch blitzblank.«

»Das Schönste kommt erst noch. Hinterher, als er noch halb weggetreten auf dem Bett liegt, sagt sie ihm, er soll sich mit den Fenstern gefälligst ein bisschen anstrengen, dann kriegt er auch noch ein anständiges Trinkgeld. Das hat er getan, und sie hat sich nicht lumpen lassen.«

»Ich kann mir gut vorstellen, wie jemand nur wegen solcher Storys zu diesen Treffen geht.«

»Da wärst du wohl gern Mäuschen, hm?«

»Können Männer auch teilnehmen? Ich könnte ein pensionierter Stricher sein.«

»Ich weiß nicht, ob dir diese Rolle wirklich liegen würde, Schatz. Aber es sind nur Frauen zugelassen. Es gibt aber auch Gruppen für schwule männliche Prostituierte, aber ich weiß nicht, ob du auf deren Storys auch so abfahren würdest.«

Bei einer anderen Gelegenheit hatte ich mich überrascht gezeigt, dass nicht rückfällig zu werden genauso schwer sein konnte wie auszusteigen. »Ich hatte mal eine Klientin, eine Blondine, sie ist mit dem Bus aus Wisconsin angekommen und sofort eingestiegen. Irgendwann wollte sie dann aussteigen und hat mich angeheuert, ihren Zuhälter zu überreden, sie gehen zu lassen.«

»Diese Kim … na, wie hieß sie gleich wieder?«, sagte Elaine.

»Dakkinen. Sicher habe ich dir mal von ihr erzählt. Die Geschichte hat aber kein gutes Ende genommen.«

»Sie wurde umgebracht, aber nicht von ihrem Zuhälter.«

»Eine ziemlich komplizierte Geschichte. Aber ich hatte damals den Eindruck, dass sie aussteigen könnte und der Zuhälter sie in Ruhe lassen würde, nachdem ich ihr versichert hatte, dass sie jederzeit gehen könnte. Vielleicht hätte sie den Absprung geschafft und wäre so lange keusch geblieben, bis ihre Wohnungsfenster geputzt werden mussten.«

»Keusch?«

»Keine Ahnung, oder wie nennt ihr es sonst? Was ist in eurer Gruppe das Äquivalent zu trocken?«

»Da gibt es alle möglichen Bezeichnungen. Manche sagen *straight*, aber das gefällt den schwulen nicht. Manche sagen *rechtschaffen*, was ich jetzt nicht besonders toll finde, weil es sich ziemlich spießig, beinahe religiös anhört, auch wenn ich damit leben kann. Bei *clean* wiederum spielt mit, dass man von den Drogen losgekommen ist, was manche tatsächlich sind, andere aber nicht, womit auch das nicht optimal ist. Aber möglicherweise macht *clean* doch das Rennen, weil manche auch sagen, dass man erst dann wirklich ausgestiegen ist, wenn man auch keine Drogen mehr nimmt. Sonst ist es nämlich nur eine Frage der Zeit, bis man einen Arzt überreden muss, einem ein Rezept auszustellen, oder Geld braucht, um Stoff zu kaufen.«

»Kommt es hauptsächlich deshalb zu Rückfällen – falls ihr es überhaupt Rückfälle nennt?«

»Rückfall, Rezidiv. Oder einfach: ›Seid mir bitte nicht böse, aber ich hab's wieder getan.‹ Jedenfalls legen wir nicht so großen Wert auf die Zeit, die man clean bleibt, wie die Anonymen Alkoholiker.«

»In beiden Fällen gilt: Immer ein Tag nach dem anderen.«

»Aber bei euch spielen Zahlen eine wichtigere Rolle. Man

muss zum Beispiel neunzig Tage trocken sein, um ein Treffen leiten zu dürfen.«

»Das ist allerdings richtig.«

»Wir treffen uns natürlich erst seit zehn oder elf Monaten. Ihr habt doch bei den Anonymen Alkoholikern neben den Schritten auch noch die Traditionen?«

»In beiden Fällen zwölf.«

»Es ist jedenfalls nicht ganz einfach, in nicht mal einem Jahr groß Traditionen aufzubauen.« Sie verstummte kurz. »Letzte Woche habe ich das Treffen geleitet.«

»Tatsächlich?«

Sie nickte. »Ich habe meine Geschichte erzählt.«

»Die ganze? Von der Wiege bis zur Bahre?«

»Von der E-rektion zur Resurrektion«, sagte sie. »Du bist auch drin vorgekommen.«

»Und jetzt, nach dieser langen Zeit, bin ich mit diesem Typen verheiratet.‹«

»So in etwa.«

»Nein, Spaß beiseite«, sagte ich. »Was hast du gesagt?«

»Nein.«

»Nein?«

Sie schüttelte den Kopf. »Du hättest dabei sein müssen.«

———•———

Das Bein hochzulegen war kein Problem. Ich setzte mich in den Fernsehsessel im Wohnzimmer und stellte ihn entsprechend ein. Sie brachte mir den ColdPak, der zum letzten Mal vor ein paar Monaten zum Einsatz gekommen war, als sie sich beim Joga einen Muskel gezerrt hatte.

»Wahrscheinlich sollten wir uns ein zweites von diesen Dingern zulegen«, sagte ich.

»Für jedes Knie einen? Tun dir inzwischen beide weh? Ich könnte Eiswürfel in ein Handtuch einschlagen.«

»Nein, das andere Knie ist völlig in Ordnung. Ich dachte eigentlich, dass jeder von uns einen haben sollte.«

»Das ist nicht wie mit Zahnbürsten, Schatz. Es ist in keiner Weise unhygienisch, sich einen ColdPak zu teilen.«

»Du kannst meine Zahnbürste gern jederzeit benutzen, wenn du möchtest.«

»Und da glauben manche Leute, es gäbe keine Kavaliere mehr.«

»Lächerliche Idioten. Nein, was ich damit meine, ist, dass wir irgendwann mal beide einen Eisbeutel brauchen könnten, um ein schmerzendes Körperteil zu kühlen.«

Darüber dachte sie kurz nach und sagte schließlich: »In unserem Alter sind wir eine Zwei-ColdPaks-Familie.«

»Sorry«, sagte ich. »War nur so ein Gedanke, aber sobald man ihn ausformuliert, hat er was Deprimierendes, nicht?«

»Außer dass ich die Vorstellung, gemeinsam alt zu werden, schön finde.«

»Ich auch.«

»Für den Fall, dass ich überhaupt mal richtig alt werde«, sagte sie, »dachte ich eigentlich immer, dass ich dann allein sein würde, in einer Wohnwagensiedlung in Florida lebe und mich zweimal die Woche aufraffe, zum Shuffleboard zu gehen. Man darf sich ja körperlich nicht gehen lassen.«

»Ich lebe bereits länger, als ich es jemals erwartet hätte.«

So ging es noch eine Weile hin und her, bis sie in die Küche verschwand und mit zwei Tassen Kamillentee zurückkam. Früher habe ich den ganzen Tag und die halbe Nacht lang Kaffee getrunken, und inzwischen bin ich bei einer einzigen Tasse am Morgen angelangt. Manchmal, wenn ich in Ferienstimmung bin, gönne ich mir auch eine zweite.

Ob das nun deprimierend ist oder nicht, hängt ganz davon ab, wie man es sieht.

Am nächsten Morgen dümpelte ich irgendwo zwischen Schlaf- und Wachzustand hin und her, als das Telefon läutete. Elaines Seite des Betts war leer, deshalb streckte ich den Arm aus, um danach zu greifen, aber sie war bereits im Wohnzimmer drangegangen. Ich hörte eine Frau, die sich entschuldigte, so früh angerufen zu haben, und Elaine versicherte ihr, das sei überhaupt kein Problem, und dass sie froh sei, dass sie angerufen hatte. An diesem Punkt legte ich das Telefon in die Feststation zurück und beschloss aufzustehen.

Elaine musste die Dusche gehört haben, denn als ich in die Küche kam, stand das Frühstück bereits auf dem Tisch. Ein Omelett und ein getoasteter Frühstücksmuffin. Ich nahm einen Schluck von meiner morgendlichen Tasse Kaffee, als Elaine sagte: »Hat dich das Telefon geweckt? Tut mir leid, aber ich hatte gerade beide Hände voll, und als ich schließlich abnehmen konnte, hat es bereits zum dritten Mal geläutet.«

»Ich hätte sowieso nicht mehr lange schlafen können.«

»Was macht dein Knie?«

»Ich habe gar nicht mehr daran gedacht, bis du es gerade erwähnt hast. Das heißt, es müsste eigentlich wieder okay sein.«

Sie hatte sich in der kleinen Wedgwood-Kanne Tee gemacht. Jetzt schenkte sie sich eine Tasse ein, nahm einen Schluck und sagte: »Das war gerade Ellen Lipscomb.«

»Am Telefon?«

»Mhm.«

»Ist das die, die ich kennengelernt habe? Ellen von den Tarts?«

Vor etwa einer Woche war ich am Morning Star an der Nordwestecke von Fifty-seventh und Ninth vorbeigekommen und hatte an einem Tisch im hinteren Teil Elaine sitzen sehen. Ich dachte, sie wäre allein, aber als ich den Diner betrat, sah ich, dass sie mit einer Frau am Tisch saß, die etwa halb so alt war wie sie und eine gute Figur und schulterlanges honigblondes Haar hatte. Ich ging zu ihrem Tisch, Elaine machte uns miteinander bekannt, und ich sagte, was man in so einem Fall eben sagt.

»Ellen und Elaine«, sagte die junge Frau. Sie hatte ein hübsches Gesicht und wache blaue Augen. »Einfach zwei Ellis, außer dass mich nie jemand so genannt hat.«

»Mich auch nicht«, sagte Elaine.

Das war so ziemlich alles, was die Situation in Sachen Unterhaltung hergab, und ich sagte, es habe mich gefreut, Ellen kennengelernt zu haben, und ging wieder dem nach, was ich ursprünglich vorgehabt hatte. Als Elaine und ich uns später in der Wohnung trafen, sagte ich, ihre Freundin sei attraktiv und habe einen netten Eindruck gemacht.

»Sie ist sogar sehr nett«, sagte sie, und nach kurzem Zögern fügte sie hinzu: »Ich kenne sie von den Treffen.«

»Kann ich nicht vielleicht doch mal zu einem mitkommen?«

»Sie ist hübsch, nicht? Ich bin gewissermaßen ihre Tutorin.«

»Gewissermaßen?«

»Na ja, weil ich diese Bezeichnung bei unseren Treffen nie gehört habe. Jedenfalls scheint sie mich als eine erfahrenere Teilnehmerin ausgesucht zu haben, um sich bei mir Rat zu holen. Und da ich sie mag, könnte man mich durchaus als ihre Tutorin bezeichnen.«

Mein Tutor war Jim Faber gewesen. Wir gingen jeden Sonntagabend zusammen essen, nur wir beide und immer in einem chinesischen Restaurant des Viertels. Manchmal, aber nicht immer, hängten wir hinterher noch ein Treffen dran. Jim Faber war derjenige, den ich anrief, wenn mich nach einem Drink gelüstete, und als das irgendwann nicht mehr der Fall war, war er derjenige, an den ich mich wandte, wenn ich sonst irgendwelche Probleme in meinem Leben hatte.

Dann wurde er eines Sonntagabends vor zwanzig Jahren erschossen – von einem Mann, der ihn mit mir verwechselt hatte. Ich gab mir die Schuld an seinem Tod, bis irgendwann seine Stimme in meinem Ohr zu mir durchdrang und mir klarmachte, dass sich meine Schuld an der Sache darauf beschränkte, auf die Toilette gemusst zu haben, und meine Schuldgefühle nur eine andere Form von Selbstmitleid waren. Dieser Gedanke schmeckte mir zwar ganz und gar nicht, aber da es war, als stünde er neben mir und spräche ihn laut aus, konnte ich mich ihm irgendwann nicht mehr verschließen.

Wenn der Tutor stirbt oder wieder zu trinken anfängt oder nach New Orleans zieht, sieht man sich normalerweise nach einem passenden Ersatz um und fragt den Betreffenden, ob er diese Rolle übernehmen will. Das ist wichtiger und auch einfacher, wenn man noch nicht lange trocken ist. Aber bei Jims Tod war ich bereits fünfzehn Jahre trocken, weshalb es für mich schwieriger – und weniger dringend – war, einen geeigneten Nachfolger zu finden.

Normalerweise sollte der Tutor länger trocken sein als man selbst, und möglichst auch gleichaltrig oder älter. Schon aus diesem Grund gab es in meiner Stammgruppe nicht viele Kandidaten, die dafür in Frage kamen, weshalb ich mir sagte, dass ich schon einen Tutor finden würde, wenn ich das Bedürfnis nach einem verspürte. Das war jedoch nie der Fall. Wenn mich etwas beschäftigte, worüber ich reden wollte, fragte ich einfach jemand, ob er eine Tasse Kaffee mit mir trinken wolle, und dann führte ich mit dem Betreffenden ein Gespräch, wie ich es vielleicht auch mit einem Tutor geführt hätte. Es war alles nur wesentlich weniger förmlich, und es war nicht immer dieselbe Person.

Und als ich jetzt mit Elaine am Frühstückstisch saß, sagte ich: »Dann bist du also ihre Tutorin.«

»Gewissermaßen.«

»Ellen und Elaine«, sagte ich.

»Mhm.«

»Wie hat sie es gleich wieder genannt? ›Einfach zwei Ellies‹?«

Elaine verdrehte die Augen.

»Nicht, dass ich ihr nur das Beste wünschen würde«, sagte ich, »aber könntest du mir vielleicht Bescheid sagen, wenn sie mal rückfällig werden sollte?«

»Du weißt vermutlich, dass du ein schrecklicher Kerl bist.«

»Und ob.«

»Ich habe mir bereits gedacht, dass sie dir bestimmt gefällt. Sie ist süß, nicht?«

»Sehr sogar.«

»Da könnte sogar ich schwach werden«, sagte sie und streckte mir die Zunge heraus. »Aber auch dieser Gedanke ist dir wahrscheinlich schon gekommen.«

»Da liegst du nicht ganz falsch.«

»Du hast dir vorgestellt, mit uns beiden im Bett zu liegen«, sagte sie. »Der alte Traum von einem Dreier, nur dass es nicht bloß ein Traum wäre, hm? Es wäre real, und sie läge zwischen uns beiden in unserem Bett. Und wir könnten mit ihr machen, wonach uns gerade ist.« Sie fuhr mit der Zunge über ihre Lippen. Ihre Augen leuchteten, und sie legte mir die Hand auf den Oberschenkel. »Wir könnten noch mal ins Bett gehen und darüber reden. Glaubst du, das würde dir Spaß machen?«

———•———

Hinterher muss ich ein paar Minuten weggedämmert sein, denn als ich die Augen wieder aufschlug, stand Elaine mit einer Tasse Kaffee neben dem Bett. »Er ist schon abgekühlt«, sagte sie, »aber wir zum Glück noch nicht.«

»O Mann.«

»Zum Frühstück aufgestanden und dann wieder zurück ins Bett. Ein Nickerchen kann in unserem Alter nie schaden, heißt es doch.«

»Und was für ein Nickerchen.«

»Es war fast so, als hätten wir sie wirklich bei uns im Bett gehabt«, sagte sie, »außer dass es so eigentlich viel besser war, weil alles so gelaufen ist, wie wir es wollten. Nicht umsonst heißt es, man soll eine Fantasie nie ausleben, weil die Wirklichkeit nie an sie herankommt.«

»Heißt es das?«

»So müsste es eigentlich sein, oder glaubst du nicht?« Sie streckte sich neben mir aus und legte eine Hand auf meine Seite. »War's schön für dich?«

»Musst du das wirklich fragen?«

»Nein, ich war schließlich selbst dabei. Jedenfalls finde ich es großartig, dass wir noch heiß aufeinander sind.«

»Ab und zu.«

»Was wahrscheinlich gerade so oft ist, wie jeder von uns verkraftet. Aber dir ist doch hoffentlich klar, dass wir das nicht noch mal tun können werden?«

»Was können wir nicht noch mal tun? Wieder ins Bett gehen? Eine harmlose Fantasie teilen?«

»Das können wir beides tun«, sagte sie. »Aber wir müssen uns andere imaginäre Gespielinnen suchen.«

»Weil du ihre Tutorin bist.«

»Nenn es meinetwegen, wie du willst. Jedenfalls muss Ellen ein One-Night-Stand bleiben.«

Damit verschwand sie ins Bad, und wenig später hörte ich die Dusche. Plötzlich kam sie mit einem Badetuch in der Hand ins Schlafzimmer zurückgestürzt und trocknete sich hektisch ab. »Mist«, schimpfte sie, »wie kann es schon viertel vor elf sein?«

»Wieso? Was ist denn?«

»Sie kommt in einer Viertelstunde vorbei.«

»Wer?«

»Na, wer wohl? Ellen.«

»Unser One-Night-Stand? Sie kommt hierher?«

»Deshalb hat sie angerufen.« Elaine hetzte durchs Schlaf-zimmer, schnappte sich ein paar Kleidungsstücke, zog sie an. Manchmal braucht sie Stunden, um sich anzuziehen, manch-mal genügen ihr fünf Minuten.

»Wenn sie ein bisschen früher vorbeigekommen wäre …«

»An so was solltest du nicht mal denken. Denk am besten gar nichts, sondern geh einfach unter die Dusche und zieh dir was an.«

»Meinetwegen muss ich sie heute überhaupt nicht sehen«, sagte ich. »Geh doch einfach um die Ecke auf einen Kaffee mit ihr.«

»Nein.«

»Und wenn sie das Morning Star über hat, das Flame ist nur eine Straße weiter.«

Sie schüttelte den Kopf.

»Warum nicht?«

»Weil sie mit dir reden will.«

»Mit mir?«

»Deshalb hat sie angerufen, und deshalb habe ich ihr gesagt, um elf vorbeizukommen. Sie hat ein Problem, aber das soll sie dir lieber alles selbst erzählen. Ich weiß zwar, dass du schon ge-duscht hast, aber …«

»Ich habe noch mal eine nötig.«

Ich duschte und rasierte mich, was ich vorher nicht getan hatte. Ich schlüpfte, mehr der Bequemlichkeit halber als aus modischen Erwägungen heraus, in eine Jeans und ein kariertes Flanellhemd von L.L. Bean, in dem ich laut Elaine wie eine

Lesbe aussah. Vielleicht ließen sie mich damit an den Treffen der Tarts teilnehmen.

Doch ich tauschte es gegen ein schlichtes blaues Hemd von Lands' End, stopfte es mir in die Hose und fragte mich, warum ich Zeit zu schinden versuchte. Dann ging ich ins Wohnzimmer, wo auf dem Couchtisch ein Tablett mit einer Kanne Tee stand. Elaine und ihr Schützling saßen bereits einen Meter voneinander entfernt auf der Couch, jede mit einer Tasse Tee. Für mich stand eine dritte Tasse bereit. Ich schenkte mir ein und ging zum Fernsehsessel. Wenn er nicht nach hinten gekippt war, war er ein ganz normaler Sessel, und ich setzte mich hinein und nahm einen Schluck von meinem Tee.

»Matt, sicher erinnerst du dich noch an Ellen«, begann Elaine.

Nur zu gut, dachte ich.

»Aus dem Morning Star«, sagte ich.

»Genau«, sagte sie.

»Sie hat ein Problem«, sagte Elaine, »und es fällt mehr in dein Ressort als in meines.«

Das konnte nur heißen, dass die bezaubernde Ellen zu der Einsicht gelangt war, dass sie Alkoholikerin war, und könnte ich sie vielleicht zu einem Treffen mitnehmen? Und sie vielleicht mit ein paar Frauen bekanntmachen, deren Gesellschaft ihr möglicherweise genehm war? Was wiederum rückwirkend die Rolle, die sie unwissentlich in unserer Fantasie übernommen hatte, für uns beide gleichermaßen unangebracht machte.

»Du warst doch Polizist«, sagte Ellen. »Und dann Privatdetektiv? Habe ich das richtig verstanden?«

Und ein verdammt raffinierter, dachte ich, rasch zur Hand, ein polizeiliches Problem mit Alkoholismus zu verwechseln.

Sie wollte fortfahren, warf dann aber Elaine einen Hilfe suchenden Blick zu. Der einzige Beistand, den sie bekam, war ein Nicken, aber offensichtlich genügte ihr das.

»Da ist ein Mann«, setzte sie an.

»Kein Zuhälter«, stellte Elaine klar.

»Nein, nein, ein Kunde.«

Ich wartete.

»Er lässt sich partout nicht abwimmeln«, fuhr Ellen fort. »Ich habe ihm gesagt, dass ich mich nicht mehr mit Männern treffe, worauf er nur meinte, das sei doch wunderbar. Ich dachte, er würde damit herausrücken, was viele meiner Freier, meiner Kunden ...«

»Matt ist mit dem Jargon vertraut«, flocht Elaine ein.

»Na ja, jedenfalls haben viele diesen Schritt begrüßt, als ich ihnen gesagt habe, dass ich aussteige. Sie haben gesagt, dass sie mich vermissen würden und dass ich viel zu nett wäre, um meinen Lebensunterhalt damit zu verdienen, wildfremde Männer zu vögeln. So haben sie es natürlich nicht ausgedrückt, aber ...«

»Aber darauf lief es hinaus.«

»Mhm. Ich war also durchaus auf ein solches Gespräch vorbereitet, oder zumindest etwas in dieser Richtung, aber dann fing er damit an, dass es ihn immer schon ein bisschen gestört hätte, dass ich mich mit anderen Männern traf, und wie schön er es fände, dass ich mich künftig nur noch mit ihm treffen würde.«

»Wie ist er denn darauf gekommen?«

»Keine Ahnung. Er hat so getan, als hätte er das, was ich

ihm gesagt habe, so verstanden. Er hat gesagt, ich könnte meinem alten Leben gern entsagen, solange nur er weiter vorbeikommen und mit mir ins Bett gehen könnte.«

»Hast du ihm den Kopf geradegerückt?«

»Dazu hat er mir erst gar keine Gelegenheit gelassen. ›Bloß darüber zu reden, bringt mich schon total in Fahrt, Ell. Ich komme in fünfzehn Minuten vorbei, und alles, was du mir zu sagen hast, hat Zeit bis dahin.‹«

»›Ell‹«, flocht Elaine ein.

»Bei einem unserer ersten Dates wollte er wissen, wie mich die Leute nennen. Und ich habe gesagt, Ellen, alle nennen mich Ellen. Und er: ›Dann werde ich dich Ell nennen.‹ Und seitdem nennt er mich so.«

»Da meldet jemand seine Besitzansprüche an«, sagte ich.

»Wahrscheinlich. Indem er mich mit einem anderen Namen angesprochen hat als alle anderen, war er nicht mehr nur ein Freier unter vielen. Was aber nicht heißt, dass er die Freundin-Tour mit mir durchziehen wollte.«

»Die ist zurzeit schwer in, oder?«, bemerkte Elaine.

»Mhm, aber vor allem bei Männern unter dreißig.« Ich muss wohl etwas verständnislos dreingeschaut haben, denn sie erklärte es mir. »Der Typ ist ein Kunde, und er muss im Voraus bezahlen, damit das Ende des Abends nicht dadurch verdorben wird. Und man geht zusammen aus und isst zu Abend, und vielleicht schaut man auch in ein paar Clubs vorbei, und sie tut so, als wäre sie seine Freundin.«

»Es ist also alles nur Show«, sagte ich. »Und wer hat was davon?«

»Hauptsächlich er. Wenn er einen zum Beispiel in Lokale

mitnimmt, wo man ihn kennt, wird er mit einer scharfen Mieze gesehen, die total heiß auf ihn zu sein scheint. Er stellt einen seinen Bekannten vor, denn warum auch nicht, man ist ja seine Freundin. Aber miteinander gesehen zu werden, spielt nicht unbedingt eine Rolle dabei. Vielleicht will der Freier auch nur, dass man seine Freundin ist und sich an diesem Abend entsprechend verhält.«

»Und am Ende des Abends?«

»Nimmt man ihn nach Hause mit und vögelt mit ihm. Allerdings auf eine romantische Art, mit viel Geschmuse, und manchmal kann auch dazugehören, dass er einen erst rumkriegen muss.«

»Was ihm aber aus irgendeinem Grund immer gelingt«, flocht Elaine ein.

»Klar, natürlich. Einen Teil des Reizes macht, glaube ich, aus, dass er sich einbilden kann, es wäre ein normales Date, nur dass er sich über den Ausgang des Abends keine Gedanken machen muss. Er weiß, dass er hinterher nicht nach Hause gehen und sich zu PornHub einen runterholen muss. Er kann darauf zählen, dass er auf seine Kosten kommt.«

»Die Freundin-Tour«, sagte ich.

»Eine neue Runzel im ältesten Gewerbe der Welt«, sagte Elaine. »Ich habe den Ausdruck erst vor Kurzem zum ersten Mal bei einem Treffen gehört. Allerdings hatte ich den Eindruck, dass das etwas ist, wovon jeder schon mal gehört hat, ohne es jemals ausprobiert zu haben.«

»So selten ist es auch wieder nicht«, sagte Ellen. »Ich habe es schon ein paarmal gemacht.«

»Tatsächlich?«

»Bei einem jungen Typen. Ich glaube, das wollen hauptsächlich junge Typen, die keine feste Beziehung haben und noch nicht so wahnsinnig viel Erfahrung mit Frauen haben. Dieser hat in Williamsburg gewohnt, aber er war eher ein Nerd als ein Hipster. So ein Computertyp. Ich glaube, er hat ganz gut verdient, weil ich ihm gesagt habe, dass ich liebend gern seine Freundin spiele, aber dass ihn das tausend Dollar kosten würde.«

»Und er hat sie gezahlt?«

»Ohne mit der Wimper zu zucken. Und es war wirklich okay, er hat mich in die Gramercy Tavern zu einem richtig guten Abendessen eingeladen und eine teure Flasche Wein bestellt, und es hat ihn auch nicht gestört, dass keiner von uns ein zweites Glas wollte. Dann sind wir ein Stück zu Fuß gegangen und haben uns unterhalten, und dann haben wir uns ein Taxi in meine Wohnung genommen und während der Fahrt die ganze Zeit rumgeknutscht.«

»Rumgeknutscht«, wiederholte Elaine.

»Wie Jugendliche. Er hat das Taxi bezahlt und mich die Treppe zur Haustür hinauf begleitet, und wenn ich mich recht erinnere, haben wir dabei Händchen gehalten, und als ich den Schlüssel ins Schloss stecke, fängt er an: ›Weißt du, Ellen, ich finde, es war ein wunderschöner Abend, und wenn du möchtest, dass er an diesem Punkt endet, möchte ich dir nur sagen, dass das für mich völlig okay wäre.‹«

»Und du hast gesagt: ›Der Teil des Abends, für den du bezahlt hast, ist vorbei. Und jetzt möchte ich, dass du mit mir hochkommst und mit mir ins Bett gehst.‹«

»›Bezahlt‹, habe ich nicht gesagt. Eher was in der Richtung

wie: ›Der Teil des Abends, den wir bereits abgesprochen haben.‹ Aber der Rest trifft es fast aufs Wort.«

Ich fragte Elaine, woher sie das gewusst hätte.

»Weil es genau das ist, was ich an ihrer Stelle getan hätte«, sagte sie. »Warum die Freundin-Tour nicht bis zu Ende durchziehen?«

»Hätte ich gesagt, ich fand den Abend auch nett, aber es wäre mir lieber, wenn er jetzt ginge, wäre er gegangen. Da bin ich mir ziemlich sicher. Enttäuscht wäre er schon gewesen, aber einen großen Aufstand hätte er nicht gemacht. Aber was soll ich sagen, er war ganz okay, und es war ein netter Abend. Warum hätte ich ihn ihm also verderben sollen? Und soll ich euch noch was sagen?«

»An diesem Punkt wolltest du ihn tatsächlich vögeln.«

»Ja! Nicht wegen des Sex, aber weil es die angemessene Art war, den Abend zu Ende zu bringen. Und weil es schön war, seine Freundin zu sein.«

Das alles war interessant, um nicht zu sagen faszinierend, aber wir waren weit vom eigentlichen Thema abgekommen. Deshalb sagte ich: »Aber dieser Typ am Telefon, er wollte nicht, dass du seine Freundin bist.«

»Nein, er wollte immer nur eine Nutte. ›Tu dies, tu das.‹ Er hatte keine ausgefallenen Wünsche, sondern wollte eigentlich nur das Übliche, aber er hat mich bezahlt und entsprechend auch erwartet, dass ich was für mein Geld tue.«

»Und was wollte er diesmal?«

»Vorbeikommen. Mit mir schlafen.«

»Und ich gehe mal davon aus«, sagte Elaine, »dass du ihm nicht gesagt hast, er soll scheißen gehen.«

Ellen grinste. »Ich glaube nicht, dass ich das schon mal zu jemand gesagt habe, auch wenn ich zugeben muss, dass es sich irgendwie gut anhört.« Sie wandte sich mir zu. »Ich habe ihm überhaupt nichts gesagt. Dazu hat er mich auch gar nicht kommen lassen. ›In fünfzehn Minuten bin ich bei dir.‹ *Klick!* Ende des Gesprächs.«

»Und er war fünfzehn Minuten später auch da?«

»Unten am Eingang, mit dem Finger auf der Klingel. Einmal lang und zweimal kurz, damit ich auch wusste, dass er es war. Und ihr könnt mir glauben, ich wusste bereits, dass er es ist.«

»Und dann?«

»Ich habe ihn reingelassen, und als er bei mir geklopft hat, habe ich ihm die Tür geöffnet und die Tasse Kaffee gemacht, die er haben wollte, und als er gesagt hat: ›Komm schon, Süße, ich will dich ficken …«

»Hast du ihn gelassen«, sagte Elaine.

»Ich wusste nicht, was ich sonst tun sollte. Egal, an welchem Punkt, ich habe nie gewusst, was ich anderes tun sollte. Am Telefon, als er unten geklingelt hat, als er bei mir geklopft hat und als er mich um den Kaffee gebeten hat. An jedem Punkt, egal an welchem, hat etwas in meinem Kopf *Nein* gesagt, und ich habe jedes Mal *Ja* gesagt.«

»Bis ins Schlafzimmer.«

»Und ins Bett.« Sie sah mich an, als sei es wichtig, dass ich das alles verstand. »Es war einfacher mitzumachen, als nein zu sagen. Und er war sich seiner Sache absolut sicher, er wusste genau, alles würde so laufen, wie er wollte. Dazu muss ich sagen, er ist ein großer kräftiger Typ, und wenn ich auch nicht weiß, ob er wirklich stark ist, sieht er jedenfalls so aus. Wenn er es wirklich darauf angelegt hätte, Sex mit mir zu haben, wie hätte ich ihn daran hindern sollen?«

»Du bist auf Nummer Sicher gegangen«, sagte Elaine, »und hast ihn gefickt.«

»Meinst du? Zuerst habe ich das auch gedacht, aber vielleicht täusche ich mich auch. Vielleicht hätte ein entschiedenes Nein genügt, und er wäre abgezogen.«

»Oder du wärst vergewaltigt worden und verprügelt noch dazu.«

»Was ist passiert, als er fertig war?«, fragte ich. »Hat er gezahlt?«

»Er war ein Zweihundert-Dollar-Stammkunde. Er hat seine Geldbörse rausgeholt und sehr auffällig drei Hunderter auf den Nachttisch gelegt. Und gewartet, dass ich mich überrascht zeige. Wahrscheinlich war meine Reaktion nicht überzeugend genug, weil er gesagt hat: ›Ein kleiner Bonus, Ell.‹«

»›Ell‹«, wiederholte Elaine.

»›Ein kleiner Bonus, weil du dich ab sofort nicht mehr mit anderen Männern triffst.‹ Ich habe gesagt, das wäre aber nett von ihm.«

»Du hattest immer noch Angst.«

Ein Nicken. »Ich konnte nicht abschätzen, was er tun würde. Von seinem Anruf an wusste ich nicht, was er tun würde.« Sie holte Atem. »Was er dann getan hat, war, sich zu Ende anzuziehen. Ich bin in meine Jeans und eine Bluse geschlüpft, und er hat gesagt, total sachlich, das nächste Mal würde er mich im, du weißt schon, ficken.«

»Im Schaufenster von Macy's?«, sagte Elaine.

Das überraschte Ellen, und sie lachte etwas mehr als der Witz verdiente. »Echt witzig! In meinen, du weißt schon.«

»In den Arsch.«

»Ich weiß nicht, warum ich das gerade nicht sagen konnte. Ja, er hat gesagt, er will mich in den Arsch ficken. Ich habe gesagt, was ich in so einem Fall immer sage: dass das nicht ginge, weil sein Schwanz viel zu groß wäre. Normalerweise erfüllt das auch seinen Zweck. Es genügt ihnen vollauf, das zu hören, und sie versuchen dann nicht weiter, mich doch … jetzt aber, warum bringe ich es nicht über mich, es auszusprechen, verdammte Scheiße noch mal?«

Wir warteten.

»Mich doch in den Arsch ficken zu dürfen«, brachte sie schließlich heraus.

»Wie hat er reagiert?«

»Er hat nur gegrinst und gesagt, da sähe er keine Probleme. Nach den ersten paar Malen wäre ich schon zugeritten. Deshalb habe ich gesagt, dass das etwas ist, was ich absolut nicht mag. Dass ich das nicht will.«

»Und was hat er dann gesagt?«

»Dass ich es ja nicht mögen müsste. Dass ich nichts weiter tun müsste, als es über mich ergehen zu lassen.«

»Ein echter Charmebolzen«, sagte Elaine. »Und dann ist er gegangen?«

»Ich habe ihn zur Tür gebracht. Dort hat er sich umgedreht und mich an den Schultern gepackt und auf den Mund geküsst. Das mache ich sonst nicht.«

»Natürlich nicht.«

»Bis auf die Freundin-Tour, aber das war was anderes. Ich kann nicht erklären, warum, aber …«

»Es war jedenfalls was anderes«, sagte ich. »Er hat dich geküsst und dann?«

»Ich war wie erstarrt. Ich stand nur da, und er hat gesagt, das könnte er von jetzt an tun, weil er sich keine Gedanken mehr machen müsste, wo mein Mund vorher gewesen sein könnte.«

An diesem Punkt konnte sie nicht mehr an sich halten und begann zu weinen. Ich ging aus dem Zimmer, um Elaine die Möglichkeit zu bieten, sie allein zu trösten.

<hr />

Als ich wieder zurückkam, hatte sich Ellen gefangen, und Elaine füllte alle Tassen mit Tee. Ich nahm einen Schluck aus meiner und sagte: »Du bist doch hoffentlich abgehauen, sobald er gegangen ist.«

»Keine Stunde später war ich aus meiner Wohnung. Ich habe ein paar Sachen in eine Sporttasche gestopft und mir ein Taxi zu einem Hotel genommen. Das Hotel war viel zu teuer, aber ich hatte ja seine dreihundert Dollar.«

»Die dürften in einem New Yorker Hotel nicht lange reichen.«

»Nicht mal zwei Tage. Eher nur einen, weil ich mir auch noch vom Zimmerservice was zu essen habe kommen lassen, als ich Hunger bekommen habe. Einen Caesar Salad und Kaffee. Dafür haben sie mir sage und schreibe fünfundzwanzig Dollar abgeknöpft.«

»Aber du wolltest das Hotel nicht verlassen.«

»Ich wollte nicht mal mein Zimmer verlassen«, sagte Ellen.

»Als der Zimmerservice geklopft hat, hatte ich Angst, die Tür zu öffnen.«

»Inzwischen bist du aber nicht mehr in dem Hotel.«

Sie schüttelte den Kopf. »Ich habe etwas Geld gespart. Schließlich wollte ich nicht, dass ich komplett blank bin, wenn ich mal aussteige. Ich habe das ganze Geld, das ich in der Wohnung hatte, eingesteckt, und auf meinem Bankkonto habe ich auch noch was. Ich hätte also durchaus im Hotel bleiben können, eine Weile zumindest, aber es geht mir gegen den Strich, Geld zum Fenster rauszuwerfen.« Sie sah mich eindringlich an. »Vor allem, wo ich es so sauer verdient habe.«

»Was hast du gemacht?«

»Nach einer Nacht im Hotel habe ich den Makler angerufen, der mir die Wohnung in der East 27th besorgt hat. Das war vor vier, inzwischen schon fast fünf Jahren, aber er konnte sich noch an mich erinnern. Oder zumindest hat er so getan.«

»Dich vergisst man nicht so leicht«, sagte Elaine.

»Das ist wirklich süß von dir, aber wenn ich in den Spiegel schaue, sehe ich nichts als eine leere Leinwand. Du weißt schon, ganz hübsch, aber total nichtssagend.«

»Mehr siehst du da nicht?«

»Eigentlich nicht. Keine Ahnung, vielleicht zaubert diese ganze Kacke wenigstens etwas Charakter in mein Gesicht.«

»Damit das Ganze nicht völlig umsonst ist«, sagte Elaine.

»Wann hast du das nächste Mal von ihm gehört?«, fragte ich.

»Er wollte mir noch am selben Nachmittag was zeigen, eine Eigentumswohnung in der West End Avenue, die jemand sechs Monate untervermieten wollte. Möbliert, einschließlich

Bettwäsche und Handtücher, und die Regale voller Bücher. Ich musste nur den Mietvertrag unterschreiben und bin sofort eingezogen.«

»Matt wollte, glaube ich, wissen«, sagte Elaine, »wann du das nächste Mal von deinem Verehrer gehört hast.«

Ich nickte. »Wenn er sich nämlich nicht mehr gemeldet hat«, erklärte ich ihr, »hast du nichts zu befürchten.«

»Ach so, klar. Ich war in Gedanken noch bei dem Makler. Keine Ahnung, vor zwei Tagen? Vielleicht auch vor drei? Das Telefon hat geklingelt, und er war wieder dran.«

»Das Telefon in der neuen Wohnung?«

»Die Besitzer haben es abgemeldet, als sie wegen seines Sabbaticals nach Europa gezogen sind. Er ist Tenure Professor an der Columbia University. Für komparative Linguistik – keine Ahnung, was das ist.«

»Das wirst du bestimmt schnell herausfinden«, sagte Elaine. »Du musst nur die ganzen Bücher in den Regalen lesen.«

»Er hat dich also auf dem Handy angerufen«, sagte ich.

»Ja. Ich habe schon seit ein paar Jahren kein anderes Telefon mehr – seit ich gemerkt habe, dass es nichts bringt, für einen Festnetzanschluss zu zahlen.«

»Dann hat also dein Handy geklingelt, und du bist drangegangen.«

Sie schüttelte den Kopf. »Ich habe seine Nummer erkannt, als sie auf dem Display erschienen ist, und habe den Anruf auf die Mailbox gehen lassen.«

»Hat er eine Nachricht hinterlassen?«

»Das erste Mal nicht. Aber eine Stunde später schon. ›Du gehst mir nicht aus dem Kopf, Ell.‹«

»Aber bei diesem Anruf bist du auch nicht drangegangen.«

»Nein, das habe ich bei keinem seiner Anrufe gemacht. Außerdem gehe ich überhaupt nicht mehr dran, denn woher soll ich wissen, dass er mich nicht von einem anderen Telefon anruft, dessen Nummer ich nicht kenne? Ich checke regelmäßig meine Mailbox, und wenn es jemand ist, mit dem ich reden möchte, rufe ich ihn zurück. Und wenn jemand keine Nachricht hinterlässt, ist es wahrscheinlich sowieso nur ein Werbeanruf. Ein einmaliges Sonderangebot für eine Ferienwohnung in Puerto Vallarta.«

Ich fragte, ob sich seine Nachrichten geändert hatten.

»Zuerst waren sie ziemlich drastisch. Was wir alles tun würden, wenn wir uns treffen, das Übliche eben. Und dann hat er mir auch gedroht, aber nur ein einziges Mal.«

»Womit hat er gedroht?«

»›Du bist ein hübsches Mädchen, aber das muss nicht so bleiben.‹«

»Aber das war die einzige Drohung.«

Sie nickte. »Deinem Gesicht nach zu schließen, hört sich das allerdings nicht gut an. Dabei dachte ich, es wäre gut, wenn die Drohungen aufhören. Ist es das nicht?«

»Möglicherweise schon«, sagte ich. »Es könnte aber auch heißen, dass er keine Beweise hinterlassen will.«

»Beweise?«

»Auf deinem Handy. Hast du die Nachrichten gespeichert?«

»Mein Gott, wie konnte ich nur so blöd sein? Ich habe jede gelöscht, sobald ich sie mir angehört habe. Eigentlich wollte ich sie sogar löschen, ohne sie mir anzuhören. Das wollte ich mir eigentlich nicht antun. Aber dann dachte ich, dass ich besser wissen sollte, ob er, na ja …«

»Rausgefunden hat, wo du inzwischen wohnst«, sagte Elaine und beugte sich vor. »Ellen, du darfst das diesem Kerl nicht mehr durchgehen lassen. Als Erstes solltest du, glaube ich, ein Kontaktverbot gegen ihn beantragen.«

»Das geht aber nicht.«

»Wieso nicht? Es ist ganz einfach, du brauchst dafür nicht mal einen Anwalt, obwohl du dir natürlich einen nehmen kannst, wenn du willst. Du musst nichts weiter machen, als … wenn du Angst hast, dass er dann erst recht sauer wird …«

»Sie weiß nicht, wie er heißt«, schaltete ich mich ein. Und als mich beide ansahen, fügte ich hinzu: »So ist es doch, oder?«

»Ich kenne ihn nur als Paul«, sagte Ellen. »Seinen Nachnamen hat er mir nie gesagt, und ich glaube auch nicht, dass Paul sein richtiger Vorname ist. Er hat mir mal eine Geschichte erzählt, und darauf habe ich mich in der dritten Person auf ihn bezogen und gefragt: ›Und wie fand das Paul?‹« Irgendwas in der Richtung. Und es hat eine Weile gedauert, bis er geschaltet hat, so, als ob er mit dem Namen Paul zunächst nichts anfangen könnte.«

Ich fragte sie, ob sie eine Ahnung hätte, wie er richtig heißen könnte. Das verneinte sie. Elaine sagte, Rumpelstilzchen vielleicht, und brauchte man überhaupt einen Namen, um ein Kontaktverbot gegen jemand zu beantragen? Allem Anschein nach schon, sagte ich, denn ich hätte noch nie von einem gegen Max Mustermann oder Lieschen Müller gehört.

»Und brächte es überhaupt was?«, fragte Elaine. »In *Dateline* gewinnt man eher den Eindruck, dass eine Frau, wenn sie ein Kontaktverbot beantragt, prompt verschwindet, und dann durchkämmt die halbe Stadt auf der Suche nach ihr die Wälder der Umgebung. Oh, entschuldige, Ellen, es war dumm von mir, so was zu sagen. Ich schaue wirklich zu viel Fernsehen. Keine Angst, dir wird bestimmt nichts passieren.«

Ellen war kreidebleich geworden, und kurz sah es so aus, als würde sie jeden Moment einen Anfall bekommen. Aber sie fing sich rasch wieder.

»Tatsache ist«, sagte ich, »ein Kontaktverbot ermöglicht einem, gegen jeden, der dagegen verstößt, Anzeige zu erstatten. Nur bringt das nicht viel, wenn einem echte Gefahr droht.«

Ellen wollte wissen, ob das der Fall sei.

»Ich finde, du solltest dich auf jeden Fall so verhalten, als ob dem so wäre. Im Moment belässt er es bei Telefonanrufen. Er stellt dir also nicht konkret nach, aber …«

»Doch, tut er schon.«

Ich sah sie fragend an.

»Der letzte Anruf, heute Morgen. Das war der Grund, weshalb ich richtig Panik bekommen und Elaine angerufen habe. ›Du bist umgezogen, Ell. Warum das? Und wo wohnst du jetzt?‹ Und dann hat er mir vorgehalten, dass ich ausgezogen wäre und einfach das Geschirr auf dem Tisch hätte stehen lassen. Und ob ich denn nicht wenigstens meine Krokohandtasche holen wollte?«

»Hast du denn das Geschirr auf dem Tisch stehen gelassen?«

»Ja, so eilig hatte ich es. Und die Krokohandtasche ist im Schlafzimmerschrank. Um das zu wissen, muss er in der Wohnung gewesen sein und im Schlafzimmer in den Kleiderschrank geschaut haben.«

Ich fragte sie, ob sie die Nachricht noch auf ihrem Handy hätte.

»Mein Gott, wie kann man nur so blöd sein ...«

Elaine versicherte ihr, dass sie nicht dumm sei, nur fürchterlich verängstigt und dass sie dazu auch allen Grund hätte. Als ich kurz zuvor aus dem Wohnzimmer gegangen war, hatte ich einen Notizblock eingesteckt. Den holte ich jetzt zusammen mit einem Stift heraus.

»Als Erstes versuchen wir herauszufinden, was du über ihn weißt.«

»Aber das ist es ja! Nichts! Alles, was ich weiß, ist sein Vorname, und selbst der ist vermutlich nicht sein richtiger.«

Ich versicherte ihr, dass sie mehr wüsste, als ihr bewusst sei.

———•———

Zuallererst wusste sie seine Telefonnummer. Sogar auswendig. Sicherheitshalber sah sie jedoch in der Kontaktliste ihres Handys nach. Da die Vorwahl 917 war, musste es ein lokales Mobiltelefon sein.

»Daran habe ich noch gar nicht gedacht«, sagte sie. »Kann man jemand orten, wenn man seine Handynummer hat?«

Konnte man, wenn man Polizist war oder einen Polizisten kannte, der einem einen Gefallen schuldig war. Ich war mal einer gewesen und hatte viele Kollegen gekannt, die bei der Polizei geblieben waren, nachdem ich ausgestiegen war, aber ihre Zahl war von Tag zu Tag geschrumpft. Alle, mit denen ich mal zusammengearbeitet hatte, waren längst in Pension, und wenn ihre Namen noch auftauchten, dann am ehesten auf der Seite mit den Todesanzeigen. Als ich als Privatdetektiv arbeitete, hatte ich mir jüngere Cops herangezogen, die ich bei meiner Tätigkeit kennengelernt hatte, und den Kontakt mit ihnen ganz bewusst gepflegt. Inzwischen waren allerdings auch die meisten von ihnen im Ruhestand, und zu den anderen hatte ich gar keinen Kontakt mehr.

Was ich sagte, lief darauf hinaus, dass es technisch möglich war, aber dass es nur bei registrierten Telefonen funktionierte.

»Es könnte ein Prepaidhandy sein«, sagte Elaine und erklärte Ellen, dass diese anonym zu erwerbenden Billigtelefone für illegale Aktivitäten sehr beliebt waren, weil sie sich nicht mit ihrem Besitzer in Verbindung bringen ließen.

»Ich werde mal sehen, was ich herausfinden kann«, sagte ich. »Aber jetzt, was weißt du noch über ihn? Wie alt ist er?«

»Anfang vierzig, würde ich sagen. Aber ich bin nicht gut darin, das Alter anderer Leute zu schätzen.«

»Aber nicht unter fünfunddreißig und nicht über fünfzig?«

»Das könnte ich unterschreiben, ja.«

»Wie groß?«

»Zwischen eins fünfundachtzig und eins neunzig.«

»Wie schwer?«

»Ich habe keine Ahnung, was Männer wiegen. Ich meine, ich kann ihr Gewicht nicht schätzen.«

»War er dick? Dünn? Was hatte er für einen Körper?«

Ihre Miene hellte sich auf; das war etwas, was sie beantworten konnte. »Er hatte ein paar Pfunde zu viel auf den Rippen, aber er war muskulös. Es war ihm anzusehen, dass er ins Fitnessstudio geht.«

»Tattoos?«

»Nein.«

»Narben?«

»Keine, die mir aufgefallen wären.«

»Gesichtsbehaarung?«

»Nein.«

»Dichtes Haar? Glatzenbildung?«

»Erste Zeichen von Haarausfall. Hier oben.« Sie fasste an den Scheitel ihres Kopfs. »Aber noch ziemlich harmlos. Ich könnte nicht sagen, ob er sich dessen überhaupt bewusst ist.«

»Haarfarbe?«

»Braun. Ein dunkles Braun.«

»Graue Strähnen?«

»Gesehen habe ich jedenfalls keine. Könnte aber sein, dass Just For Men dahintergesteckt hat.«

»Verwenden Männer so was wirklich?«

»Ich glaub's nicht«, stöhnte Elaine. »Nein, kein Mensch benutzt dieses Zeug. Darum wirbt ja auch jeder Drugstore in Amerika damit, es im Sortiment zu haben.«

»Was ich damit sagen wollte, war wahrscheinlich, dass niemand, den ich kenne, kein *Mann*, den ich kenne, seine Haare färbt.«

Elaine sagte, da täuschte ich mich, und verwies mich auf den Kassierer des Flame. Als ich fragte, welchen sie meinte, sagte sie, dass er an den Nachmittagen unter der Woche arbeitete und eine Hornbrille trug.

»Marvin?«, fragte ich. »Er färbt sich die Haare? Woran merkst du das?«

»Manchmal verraten ihn die Wurzeln. Außerdem sind sie zu schwarz.«

»Wenn du das sagst.« Ich wandte mich wieder Ellen zu. »Dunkelbraune Haare. Wie lang? Wie trägt er sie?«

Und so weiter. Ich fragte, sie antwortete, ich machte mir Notizen.

»Wo wohnt er?«

»Das hat er nie gesagt.«

»Auch nichts über sein Viertel? Dass er mal zu Fuß zum Museum of Modern Art gegangen ist? Welchen Zug er zum Yankee Stadium raus genommen hat?«

»Nein.«

»Wie ist er immer zu dir gekommen?«

»Mit dem Taxi, vermute ich.«

»Und so ist er auch nach Hause gekommen, wenn er gegangen ist?«

»Soweit ich das sagen kann, ja.«

Mir entging nicht, dass sie kurz gezögert hatte. »Ja, was?«

»Einmal hat er auf die Uhr geschaut, und dann sein Handy rausgeholt und was damit gemacht. Ich glaube, er hat ein Uber bestellt. Oder auch ein Lyft, keine Ahnung. Jedenfalls hat er es über eine App gemacht.«

Dem gingen wir noch eine Weile nach, ohne dass etwas dabei herauskam. Ich fragte, ob er ein gebürtiger New Yorker war.

»Das hat er nie gesagt.«

»Aber er hat andere Dinge gesagt, und er hat sie mit seiner Stimme gesagt. Hatte er einen Akzent?«

»Zumindest keinen ausländischen, nein.«

»Südstaaten? Mittelwesten? Bronx? Brooklyn?«

»Er hat einfach wie ein Amerikaner geklungen.« Und nach

· ·

kurzem Überlegen fügte sie hinzu: »Er war nicht aus New York.«

»Das hört sich an, als wärst du dir sehr sicher, Ellen, und vor einer Minute konntest du noch nicht sagen, ob er einen Akzent hat.«

»Das kann ich auch jetzt noch nicht. Aber er hat mal gesagt: ›In all den Jahren, die ich schon in New York lebe.‹ Das hat sich angehört, als wäre er mal von woanders hergezogen.«

Als ob uns das groß weiterbrächte, dachte ich. Die halbe Stadt war von irgendwo anders nach New York gezogen.

»Verheiratet?«

Sie vermutete, eher nicht. »Einen Ring hat er nicht getragen, und es war auch keine Vertiefung in seinem Finger, wie man sie manchmal sieht, wenn jemand seinen Ring abnimmt. Er hat nie etwas in der Richtung gesagt, dass jemand zu Hause auf ihn warten würde. Er hat auch nie Kinder erwähnt.«

Ich wollte sie gerade fragen, was er beruflich machte, aber sie kam mir zuvor. »Ich glaube nicht, dass er einen Angestelltenjob hat. Auf mich hat er den Eindruck gemacht, dass er selbständig ist.«

»Und was genau macht?«

»Eine Firma leiten, würde ich sagen. Es ist zwar nur so ein Eindruck, aber er ist es gewohnt, Anweisungen zu erteilen.«

»Hat er mal über seine Firma gesprochen?«

»Nein.«

»Berufliche Belastungen, irgendwelche Andeutungen, in welcher Branche er sein könnte?«

»Nicht, dass ich wüsste.«

»Freizeitaktivitäten? Spielt er Golf?«

· ·

»Hat er nie erwähnt.«

»Irgendwelche anderen Sportarten?«

»Nicht aktiv. Einmal hat er gesagt, dass er am Abend Karten für die Knicks hätte, dass ihm jemand Plätze am Spielfeldrand besorgt hätte. Aber es hat nichts darauf hingedeutet, dass er regelmäßig ins Stadion geht. Oder dass ihm viel an den Knicks liegt. Oder an Basketball.«

»Er hatte *Karten*. Hat er gesagt, mit wem er hingehen wollte?«

»Nein.«

»Ich nehme mal nicht an, dass er dich eingeladen hat.«

»Warum hätte er das tun sollen?«

»Vielleicht hatte er Lust auf eine Freundin-Tour.« Das kam von Elaine.

»Nein, an so was hatte er bestimmt kein Interesse. Was er wollte, hatte ich ihm bereits gegeben.« Sie runzelte die Stirn. »Vielleicht sollte ich besser sagen: Hatte ich ihm bereits *verkauft*. Er hat gern gezahlt. Er hat es genossen, die Scheine aus seiner Geldbörse zu nehmen und mir zu geben.«

»Immer den gleichen Betrag?«

»Zweihundert Dollar. Immer zwei Hunderter.«

»Bis vor Kurzem.«

Sie nickte. »Da hat er mir drei gegeben.«

———•———

Und so ging es immer weiter. Die Details häuften sich, aber ein genaueres Bild begann sich nicht abzuzeichnen. Ich wusste alles Mögliche über Paul, aber ich hätte im selben U-Bahnwaggon wie er sein können, ohne mir dessen bewusst zu sein.

Sogar im selben Fahrstuhl.

Weitere Fragen, weitere Antworten, und als ich das Gefühl bekam, dass wir auf der Stelle traten, legte ich Stift und Block beiseite. Ellen fand, sie sollte jetzt besser nach Hause gehen.

»Doch hoffentlich in die West End Avenue«, sagte Elaine.

»Keine Angst, um die 27th Street werde ich einen weiten Bogen machen.«

»Ich begleite dich nach unten. Ich wollte sowieso ein bisschen Luft schnappen. Und Matthew kann in der Zwischenzeit schon mal seine Notizen durchgehen und seine Polizistendenke anwerfen.«

Ich wusste zwar nicht, was eine Polizistendenke sein sollte oder wie ich meine anwerfen könnte, so ich denn über eine verfügte, aber Elaine war in Nullkommanichts zurück. »Ich habe sie in ein Taxi gesetzt und nach Hause verfrachtet«, berichtete sie. »Und ich habe niemand auf der Lauer liegen sehen – obwohl, hätte ich das überhaupt mitbekommen?«

»Wahrscheinlich nicht.«

»Ich habe ihr gesagt, dass wir uns morgen beim Treffen sehen und dass sie jederzeit anrufen kann, Tag und Nacht, egal wann.«

»Gut.«

»Unser Freund Paul scheint wirklich sehr von sich überzeugt zu sein. ›Du kannst zwar aussteigen, aber mich wirst du nicht so einfach los.‹«

»So in etwa.«

»Wenn er sie nicht findet und sie nicht ans Telefon geht, wird er der Sache irgendwann überdrüssig und sucht sich jemand anders, der den Wert von zweihundert Dollar zu schätzen weiß.«

Ich sagte nichts.

»Nicht?«

»Vielleicht.«

»Aber du glaubst, eher nicht.«

»Ich hoffe es zwar«, sagte ich, »aber eigentlich glaube ich es nicht.«

»Ich übrigens auch nicht, obwohl ich nicht sagen könnte, warum. Immerhin ist er ihr gegenüber nie gewalttätig geworden.«

»Nein.«

»Und missbraucht hat er sie auch nicht. Allerdings hat er zum Schluss zu ihr gesagt, dass nächstes Mal anal angesagt ist.«

»Und ob sie darauf Lust hat oder nicht, interessiert ihn nicht im Geringsten.«

»Im Gegenteil«, sagte Elaine, »es erhöht sogar den Reiz für ihn. Mir gefällt gar nicht, in welche Richtung das geht.«

»Mir auch nicht.«

»Wenn sie sich noch mal mit ihm trifft und ihn tun lässt, was er tun will ...«

»Sie wird sich nicht noch mal mit ihm treffen.«

»Woher wollen wir das wissen, Schatz? Ich weiß nicht, wie eng die Parallelen zum Alkohol sind, aber ...«

»Sie könnte rückfällig werden.«

»Er könnte sie finden. Immerhin hat er es bereits geschafft, in ihre alte Wohnung zu kommen. Wie, glaubst du, ist ihm das gelungen?«

»Vielleicht hat er ihr den Zweitschlüssel geklaut, als sie gerade nicht aufgepasst hat. Oder dem Hausmeister einen seiner berühmten Hunderter zugesteckt. Oder sich sonst irgendwie Zugang zum Haus verschafft …«

»Indem er zum Beispiel bei einem Mieter nach dem anderen geklingelt hat, bis ihm einer aufgemacht hat.«

»Das wäre eine Möglichkeit. Damit käme er aber nur an ihre Wohnungstür. Andererseits könnte er es durchaus draufhaben, eine Tür aufzukriegen, und sie hatte es ziemlich eilig, aus der Wohnung zu kommen. Vielleicht hat sie die Tür bloß hinter sich zugezogen.«

»Und nicht mit dem Schlüssel abgesperrt?«

»Und selbst wenn. In alten Häusern wie ihrem sind die Türschlösser oft relativ einfach aufzubekommen. Da genügt häufig ein Buttermesser.«

»›Du hast deine Krokotasche vergessen.‹ Ganz schön gruselig.«

»Und wenn er das drauf hat …«

»Dann findet er sie auch irgendwann?« Sie verzog das Gesicht. »Durchaus möglich. Und angenommen, er spürt sie auf, und sie sagt sich, es ist einfacher und leichter, ihn noch mal zu vögeln, als eine Möglichkeit zu finden, ihn loszuwerden. Und er würde natürlich auf anal bestehen, weil sie ihm zu verstehen gegeben hat, dass sie das nicht mag. Aber sie tun es trotzdem, und prompt überlegt er sich als Nächstes irgendwas anderes, das sie nicht mag. Und tut es.«

»Oder sie weigert sich, und er vergewaltigt sie.«

»Wie du doch immer alles von der positiven Seite siehst«, sagte sie. »Was willst du jetzt tun, Schatz?«

»Es gibt eigentlich nur eine Lösung«, sagte ich. »Ich muss

ihn finden und ihm das Handwerk legen. Nur wüsste ich gern, wie ich das anstellen soll.«

»In einem Film«, sagte sie, »wäre das jetzt der Punkt, an dem der eine vorschlägt, zur Polizei zu gehen, worauf ihm der andere erklärt, warum das keine gute Idee ist.«

»Das hängt ganz vom Film ab. Manchmal gehen sie an diesem Punkt tatsächlich zur Polizei. Und was passiert dann?«

»Es entpuppt sich als schlechte Idee.«

»Zwangsläufig«, sagte ich. »Sonst gäbe es keinen Film. Wenn ich allerdings das Gefühl hätte, dass es was brächte, würde ich diese Geschichte liebend gern den Cops überlassen.«

»Aber du bist eher skeptisch.«

»Ich weiß genau, wie ein Cop die Sache sähe. Sie ist eine Prostituierte, und sie hatte Meinungsverschiedenheiten mit einem Freier, und jetzt will sie ihm ein bisschen Ärger machen und geht zur Polizei. Sie werden also ihre Aussage zu Protokoll nehmen und sich einen Haufen Notizen machen und sie wieder nach Hause schicken – und sie, keine zehn Minuten nachdem sie zur Tür raus ist, bereits wieder vergessen haben.«

Elaine dachte eine Weile nach. »Wenn der Cop eine Frau ist, könnte die Sache anders aussehen.«

»Könnte sein«, sagte ich. »Oder auch nicht. Sagst du zu einem Polizisten ›Nutte‹, ist sein erster Gedanke: ›Hm, vielleicht kann ich sie flachlegen.‹ Was würde eine Polizistin denken?«

»Na ja, wenn sie ein kesser Vater ist ...«

»Nein, lassen wir das mal aus dem Spiel. Sie ist verheiratet oder auch single, zwischen zwei Beziehungen. Jedenfalls macht sie viele Überstunden, lange, gefährliche Überstunden, und da kommt diese Schnickse mit wesentlich schickeren Klamotten an, als sie jemals haben wird, und sie arbeitet immer nur ein paar Stunden und fickt Typen wie ihren Mann oder ihren Ex oder, keine Ahnung …«

»Ihren Vater.«

»Meinetwegen. Eine Polizistin könnte durchaus mehr Verständnis für sie haben, aber darauf zählen würde ich nicht.«

Darüber dachte Elaine eine Weile nach. Wollte ich eine Tasse Tee? Wollte ich nicht, und sie merkte, dass auch sie keine wollte. Wir hatten nicht zu Mittag gegessen. Hatte ich Hunger? Ich sagte, nein, aber sie könnte sich gern was machen, und sie meinte, sie hätte auch keinen großen Hunger und es könnte nicht schaden, eine Mahlzeit auszulassen.

»Was können wir also tun, wenn wir nicht zur Polizei gehen?«, fragte sie. »Angenommen, sie ist eine wildfremde Frau und setzt sich im Armstrong's einfach zu dir an den Tisch und erzählt dir ihre Geschichte. Was dann?«

»Im Armstrong's?«, sagte ich. »Jimmy ist schon – wie lange? – fünfzehn Jahre tot.«

»So lange schon?«

Ich rechnete im Kopf nach. »Länger. Sechzehn Jahre. Aber ich habe schon verstanden. Wenn ich noch im Geschäft wäre und sie eine fremde Frau, was täte ich dann?« Ich beantwortete mir meine Frage selbst. »Wahrscheinlich würde ich mit ihr nach Midtown North rübergehen und mich mit ihr und Joe Durkin oder jemand wie ihm zusammensetzen und dafür sorgen, dass man sie dort ernst nimmt.«

»Das hättest du tun können.«

»Damals schon, klar. Wenn wir uns jetzt mit Joe Durkin zusammensetzen wollten, müssten wir nach Florida runterfliegen, wobei noch nicht mal gesagt ist, ob er überhaupt noch lebt.«

Die Sterblichkeit des Menschen, nie weiter als einen halben Gedanken entfernt.

»Aber hören wir auf, uns den Kopf zu zerbrechen, was ich vor zwanzig Jahren gemacht hätte«, sagte ich. »Überlegen wir uns lieber, was ich jetzt tun könnte.«

»Und?«

»Regel Nummer eins ist, Namen und Adresse dieses Dreckskerls rauszufinden.«

»Paul.«

»Paul, der wahrscheinlich gar nicht Paul heißt. Ich wüsste gern, wie er heißt und wo er wohnt. Ich hätte gern ein Foto von ihm, ein bisschen mehr als dunkelbraunes Haar und oben am Kopf eine sich lichtende Stelle.«

»Und wenn du eins hättest?«

»Würde ich es den Leuten in Ellens Viertel zeigen.«

»In welchem? Curry Hill oder West End Avenue?«

Curry Hill heißt die Ecke in den East Twenties, wo es jede Menge billiger indischer Restaurants gibt. Der Name ist eine Anspielung auf Murray Hill, das ein paar Straßen weiter nördlich liegt.

»Ich habe dabei eigentlich an die 27th Street gedacht«, sagte ich. »Aber wenn ich schon dabei bin, würde ich mich auch in ihrem neuen Viertel umhören. Auf die geringe Wahrscheinlichkeit hin, dass er sie schon so weit aufgespürt hat.«

»Du würdest also Klinken putzen gehen?«

»Inzwischen nicht mehr«, gab ich zu. »Heute werde ich

schon von dem bloßen Gedanken daran müde. Ich würde es jemand für mich machen lassen.«

»Jemand wie TJ?«

»Schön wär's«, sagte ich.

———•———

TJ war ein schwarzer Straßenjunge, den ich am Times Square kennengelernt hatte, als ich mich bei einem besonders fiesen Fall in den Peepshows und Sexshops dort umsehen musste. Ich war ihm aufgefallen, und er hatte angenommen, dass ich nach etwas suchte und er sich ein paar Dollar verdienen könnte, wenn er mir half, es zu finden. Es dauerte nicht lange, und er wurde ein Teil meines – und später auch Elaines – Lebens und blieb das auch jahrelang.

Er war für mich irgendwas zwischen Sidekick und Assistent. Ich wohnte damals in einem Hotel, und als ich im Parc Vendome auf der anderen Straßenseite bei Elaine einzog, behielt ich das Hotelzimmer als mein Büro. Allerdings verbrachte ich dort immer weniger Zeit, und schließlich vermachte ich es TJ.

Ich weiß nicht, wo er vorher gewohnt hat. Es gab Einiges, worüber er nicht geredet hatte.

Ich übte mich weiter im Kopfrechnen und fragte Elaine: »Weißt du, wie alt er inzwischen ist?«

»Nein. Aber du wirst es mir gleich sagen, und ich werde deswegen nicht in Begeisterungsstürme ausbrechen.«

»Als ich ihn kennengelernt habe, dürfte er um die vierzehn gewesen sein, wenn auch sicher schon deutlich lebenserfahrener als das. Aber von seinem realen Alter her dürfte er um die vierzehn, fünfzehn gewesen sein. Das heißt, dass er jetzt vierzig ist.«

»Nein!«

»Neununddreißig, vierzig, einundvierzig. Irgendwas um den Dreh rum.«

»Du hast natürlich recht, aber trotzdem. Für mich wird er immer ein Junge bleiben.«

»Inzwischen ist er ein erwachsener Mann und hat sich bestimmt stark verändert. Aber irgendwie ist er sicher auch noch TJ geblieben. Es war eine tolle Erfahrung, ihm dabei zuzusehen.«

Wie er sich auf der anderen Straßenseite an seinem Computer als Daytrader versucht hatte. Wie er sich an der Columbia University in die Hörsäle geschmuggelt hatte und mehr von den Vorlesungen profitierte als die Kids, deren Eltern Hunderte von Dollar für jedes Seminar zahlten. Die meisten Professoren bekamen gar nicht mit, dass er da war. Die meisten von denen, die es mitbekamen, hatten nichts dagegen, ihn zuhören zu lassen.

Nachdem er das ein paar Jahre gemacht hatte, rief ihn ein Geschichtsprofessor nach seiner Vorlesung zu sich und sagte: »Ich finde, Sie sollten unbedingt an Carter Hartwells Seminar über die Reconstruction-Zeit teilnehmen. Er befasst sich dort in aller Ausführlichkeit mit Themen, die wir nur äußerst oberflächlich anschneiden.«

Der Name sagte TJ nichts.

»Er ist an der NYU. Ich kann mir nicht vorstellen, dass er was gegen einen intelligenten jungen Mann hätte, der irgendwo in der hinteren Reihe sitzt und seine Worte aufsaugt wie ein Schwamm. Wissen Sie was? Ich rufe ihn gleich mal an.«

Und so besuchte er, zwar ohne dafür Scheine zu bekommen, an beiden Universitäten Seminare und hatte Mitte zwanzig mehr Hörsäle von innen gesehen als das Reinigungspersonal. Es gab einige Professoren, die fanden, es sei eine Schande, dass er nicht von Anfang an immatrikuliert gewesen sei, weil er dann längst einen Doktor hätte. Und was hatte er stattdessen? Ein Highschool-Diplom?

Nicht einmal das. Er hatte die Highschool geschmissen. Nach der achten Klasse hatte er einfach in den Tag hinein gelebt, bis er einmal, aus purer Neugier, in der Columbia reingeschnuppert hatte.

<hr />

»Wenn du ein Foto von Paul hättest«, sagte Elaine, »könntest du es TJ geben.«

»Wenn er noch ein Teenager wäre.«

»›Wenn wir ein paar Eier hätten‹«, sagte sie, »könnten wir uns Eier mit Speck machen, wenn wir etwas Speck hätten.‹ Willst du wirklich nichts essen?«

»Nein, ich will wirklich nichts.«

»Kaffee? Sonst irgendwas?«

»Nein.«

»Gibt es eine Möglichkeit, sich ein Foto von diesem Drecks-kerl zu beschaffen?«

»Wie willst du das anstellen?«

»Keine Ahnung. Du suchst dir ein Versteck, wo du dich auf

die Lauer legen kannst, und wenn er auftaucht, holst du dein Handy raus und machst ein Foto von ihm.«

»Dann müsste ich von jedem ein Foto machen«, erklärte ich ihr. »Weil ich nicht weiß, wer er ist.«

»Und genau deshalb bräuchten wir ein Foto.«

»Genau.«

»Und um TJ eins zu geben, ist es auch insofern zu spät, als der Junge von damals inzwischen vierzig ist. Was wird eigentlich aus den ganzen Jahren? Wohin verschwinden sie?«

»Egal wohin sie gehen«, sagte ich, »sie kommen nicht zurück. Wie konnte ich so alt werden?«

»Auf die gleiche Art wie ich.«

»Nein, du bist immer noch ein süßes junges Ding. Ich bin ein alter Mann.«

»Da wäre ich mir nicht so sicher«, sagte sie. »Vor ein paar Stunden hast du noch quicklebendig gewirkt.«

»Quicklebendig?«

»Mhm. Da fällt mir ein, was du mal über das Alter gesagt hast.«

»Dass es gewaltig nervt?«

»Nein, etwas, das du bei einem Treffen aufgeschnappt und so gut gefunden hast, dass du es mir hinterher erzählt hast. Dass es ein Privileg ist.«

Jetzt fiel es mir wieder ein. »Das war in einem der Treffen in der Perry Street. Wie hat es mich eigentlich dorthin verschlagen?«

»Das darfst du mich nicht fragen. Wahrscheinlich, um trocken zu bleiben.«

»Ah, jetzt weiß ich es wieder. Wegen Raymond Gruliow, Esquire. Hard-way Ray, bloß dass sie ihn in der Perry Street nur als Ray G kannten.«

»Weil euch nichts über Anonymität geht.«

»Er war der Sprecher des Treffens und hat mich zu seiner Qualifikation eingeladen. War das an seinem Jahrestag? Könnte gut sein.«

»Und er hat diesen Spruch gebracht?«

»Nein, aber er hat ihm so gut gefallen, dass wir anschließend bei einem Kaffee darüber gesprochen haben. Es war bei der Diskussion, als sich eine alte Frau zu Wort gemeldet hat. ›Das Alter ist keine Bürde. Es ist ein Privileg, das vielen nicht gegönnt ist.‹ Wie hat sie gleich wieder geheißen?«

»Ist das denn so wichtig?«

»Ich kann sie mir noch genau vorstellen«, sagte ich, »und wäre ich ein Künstler, könnte ich ihr Gesicht zeichnen. Sie ist irgendwo in New England, Maine oder Vermont aufgewachsen. Sie war Bibliothekarin.«

»Marian the Librarian?«

»Nein, aber der Gedanke ist mir auch gekommen, weil sie Mary hieß. ›Das Alter ist ein Privileg, das vielen nicht gegönnt ist.‹«

»Es kann wahrscheinlich nicht schaden, wenn wir uns daran erinnern«, sagte sie. »Ab und zu.« Sie runzelte die Stirn. »Etwas, das du gesagt hast.«

»Etwas, das ich gesagt habe?«

»Wie ich es hasse, wenn das passiert. Etwas, das du gesagt hast, hat mich auf einen Gedanken gebracht, und dann haben wir uns weiter unterhalten, und der Gedanke ist mir wieder entfallen. Worüber haben wir gesprochen?«

»Über Mary the Librarian«, sagte ich. »Über das Alter. Dass es ein Privileg ist, keine Bürde.«

»Nein, davor.«

»Wie weit davor? Du hast gesagt, dass ich für einen alten Mann, der auf dem letzten Loch pfeift, quicklebendig war.«

»Das bist du auch. Aber das meine ich nicht. Perry Street, Anonymität, Rays Jahrestag. Wie viele Jahre hat er jetzt schon geschafft?«

»Vier.«

»Mehr nicht?« Sie sah mich an. »Was ist daran so komisch?«

»Die übliche Reaktion auf eine solche Antwort lautet ›Ist das nicht großartig?‹ und nicht ›mehr nicht?‹.«

»Ich dachte lediglich, er ginge schon wesentlich länger zu den Treffen. Aber klar, wahrscheinlich ist er zwischendurch immer wieder rückfällig geworden.«

»Er hat eine Weile gebraucht, um auf die Beine zu kommen«, sagte ich, »und dann hat er wieder zum Glas gegriffen. Wie es dazu gekommen ist, hat er in seiner Qualifikation erzählt. Er hat auf einem Kongress eine attraktive Französin kennengelernt, mit der er sich blendend verstanden hat, und dann hat sie gesagt: ›Lass uns doch ein Glas Wein trinken.‹ Den Wein wollte er zwar gar nicht, aber er wollte auch kein Spielverderber sein. Und bevor der Abend zu Ende war, ist er in einem irischen Pseudo-Pub in der Columbus Avenue gelandet und hat einen Bushmill's nach dem anderen weggekippt, während ihm die ganzen anderen Säufer fasziniert an den Lippen gehangen haben.«

»Und die attraktive Französin?«

»Hat sich mit ihrer Freundin in ihr Hotel verabschiedet.«

»So was soll vorkommen.«

»Aber jetzt ist er trocken«, sagte ich, »und bei diesem Treffen war er es schon vier Jahre, wobei es inzwischen eigentlich fünf sein müssten.«

»Fünf Jahre«, sagte sie. »Ist das nicht großartig?«

Eine halbe Stunde später kam sie zu mir und setzte sich neben mich. Sie hatte ein Geschirrtuch in der Hand und in der anderen eine Kaffeetasse und sagte: »Ray G.«

»Gruliow? Was soll mit ihm sein?«

»Nein, nicht er«, sagte sie. »Der andere Ray G.«

»Aber natürlich. Dass ich darauf nicht gleich gekommen bin.«

»Das war der Gedanke, der mir vorhin entfallen ist. Und jetzt ist er mir gerade wieder gekommen, und ich dachte, ich sage es dir lieber gleich, bevor es mir wieder entfällt. Aber inzwischen bin ich ziemlich sicher, dass er so was nicht mehr macht, und jetzt, wo ich es dir erzählt habe …«

»Leben sie immer noch in Williamsburg?«

»Soviel ich weiß, schon. Und ich schätze auch, dass er noch dieselbe Nummer hat. Ich kann sie gleich mal nachsehen.«

Ich hatte sie in der Kontaktliste meines Handys und rief sofort an.

Am Dienstagmorgen wachte ich aus einem Traum auf, und als ich aus dem Bad zurückkam, wäre ich gern wieder in ihn zurückgekehrt. Aber ich fand den Weg in den Traum nicht mehr zurück. Er war dorthin verschwunden, wohin Träume eben verschwinden. Immerhin schaffte ich es, wieder einzuschlafen, und hängte zwei Stunden dran. Traumlose Stunden, soweit ich das sagen konnte.

Zum Frühstück hatte ich nur eine Scheibe Toast und eine Tasse Kaffee, weil ich in weniger als zwei Stunden mit Ray Galindez zum Mittagessen im Morning Star verabredet war. Es ging bereits auf Mittag zu, als Elaine sich auf den Weg zu ihrem Tarts-Treffen in der Croatian Church machte. Nicht viel später brach ich zu meinem Treffen mit Ray auf.

Ich setzte mich an einen Fenstertisch, von dem ich die Tür im Auge hatte, und bestellte mir erst einmal nur einen Kaffee. Ich überlegte, wann ich Ray zum letzten Mal gesehen hatte, und kam zu dem Ergebnis, dass das etwa so lange zurückliegen musste wie Ray Gruliows letzter Drink. Elaine hatte ihn allerdings in der Zwischenzeit noch einige Male gesehen, weil die beiden, solange sie den Laden noch gehabt hatte, regemäßig geschäftlich miteinander zu tun gehabt hatten. Aber was mich anging …

Möglicherweise waren es sogar mehr als fünf Jahre. Würde ich ihn überhaupt noch erkennen?

Ich schaute immer wieder zum Eingang, und es dauerte nicht lange, bis Ray hereinkam. Er trug eine gebügelte Jeans und einen Blazer und hatte eine schwarze Ledermappe dabei, und natürlich erkannte ich ihn sofort. Ich hob die Hand, und er sah mich und kam an meinen Tisch. Wir schüttelten uns die Hände, und er setzte sich mir gegenüber.

»Du hast dich überhaupt nicht verändert«, sagte ich.

»Soll ich das jetzt positiv oder negativ auffassen? Aber du, Matt, du siehst richtig super aus. Wieso, was ist so komisch?«

»Die drei Phasen im Leben eines Mannes«, sagte ich. »Jugend, bestes Alter und ›Super siehst du aus!‹«

»Höre ich zum ersten Mal. Trotzdem, auf dich trifft es tatsächlich zu. Und, geht's dir gut?«

»Ich kann nicht klagen.«

»Und Elaine? Fehlt ihr der Laden?«

Als Elaine vor vielen Jahren aus ihrem »Job« ausgestiegen war, hatte sie sich nach einer neuen Beschäftigung umgeschaut. Sie besuchte alle möglichen Seminare und ging ins Fitnessstudio, aber das hatte alles nichts mit Arbeit zu tun, und sie wollte gern arbeiten. Sie hatte immer schon ein Händchen für Kunst und Antiquitäten gehabt, und schließlich mietete sie ein paar Straßen südlich von unserer Wohnung in der Ninth Avenue einen kleinen Laden. Ich weiß nicht mehr, was sie dort ursprünglich verkauft hatten, aber sie ersetzte das alte Ladenschild mit ihrem Namen, ELAINE MARDELL, und füllte den Laden mit den Sachen aus ihrem Storageabteil.

Eines Tages kamen wir von einer Matisse-Ausstellung im MOMA nach Hause, und sie sagte: »Er war wirklich genial und …«

»Matisse?«

»Mhm. Ein Genie, und die Fauvisten sind nach wie vor schwer gefragt, und ich würde das nicht in Anwesenheit des Mannes selbst oder auch von sonst jemand außer dir sagen, aber …«

»Aber ein durchschnittlich begabter Vierjähriger bekäme das auch hin?«

»Nein«, sagte sie. »Ganz und gar nicht. Aber es gibt einige Gemälde von ihm, die sich nicht groß von dem unterscheiden, was man in manchen Trödelläden kaufen kann. Matisse wusste, was er tut, was man von den Trödelladenkünstlern nicht sagen kann, außer vielleicht intuitiv. Im Gegensatz zu ihnen wusste er, wie man die Effekte erzielt, die er erzielen wollte, und wer kann schon sagen, ob bei ihnen am Ende herausgekommen ist, was sie beabsichtigt haben? Wenn man sich allerdings genügend von diesem Dilettantenmist ansieht und einen Trödelladen nach dem anderen abklappert …«

»Stößt man vielleicht hin und wieder auf ein Bild, das man sich an die Wand hängen kann.«

»An die Wand des Ladens.«

»Klar.«

»Nicht an unsere Wände.«

»Gott bewahre.«

Der Laden machte ihr Spaß. Und nicht nur ihr, sondern auch mir, weil ich sie manchmal vertrat, wenn sie einen Yogakurs oder einen Friseurtermin hatte oder den unwiderstehlichen Drang verspürte, die Secondhandläden der Stadt nach einem weiteren verkannten Meisterwerk zu durchstöbern. Ich genoss den Kontakt mit den Leuten, die in den Laden kamen, störte mich nicht an dem Gefeilsche, das mit vielen Transaktionen einherging, und freute mich wie ein Kind, wenn ich mal was verkaufte.

Der Laden warf Gewinn ab, obwohl wir schwerlich davon hätten leben können. Aber wir hatten etwas zu tun und zahlten nicht drauf, und höchstwahrscheinlich hätte ihn Elaine immer noch, wenn der Hausbesitzer die Miete nicht um das Vierfache erhöht hätte.

Sie kam nach Hause, setzte sich mit Stift und Papier an den Tisch und kam eine Stunde später zu dem Ergebnis, dass es sich nicht mehr rechnete. »Wir müssten monatlich mindestens zweitausend Dollar draufzahlen, wenn wir ihn behalten wollten. Eher sogar dreitausend.«

»Du könntest ihn trotzdem weiterführen«, sagte ich. »Leisten könnten wir es uns, oder nicht?«

Sie hatte in ihrer Callgirlzeit einiges gespart und dann den Rat eines ihrer Stammkunden beherzigt und in Immobilien zu investieren begonnen. Inzwischen gehörten ihr mehrere Mietshäuser in Queens, die einiges abwarfen. Ich hatte meine Pension und die Social Security sowie den einen oder anderen Geldregen, dessen Ertrag ich hatte beiseitelegen können, sodass wir finanziell gut dastanden. Hätten wir, um den Laden weiterführen zu können, fünfundzwanzig- bis dreißigtausend Dollar jährlich drauflegen müssen, hätten wir das gekonnt, ohne uns einschränken zu müssen.

Sie schüttelte den Kopf. »Ich habe den Laden aufgemacht, um damit Geld zu verdienen. So wäre er aber nur noch ein Hobby. Und wozu brauche ich ein Hobby? Erinnerst du dich noch an diesen Witz?«

»Der Typ mit den Bienen?«

»Tausende von Bienen, und er wohnt in zwei Zimmern in der Pitkin Avenue. ›Aber wo hältst du sie, Charlie?‹ ›In einer Zigarrenkiste.‹ ›Aber werden sie auf so engem Raum nicht zerquetscht?‹ ›Wieso denn? Ist doch nur ein Hobby.‹ Deshalb, ich will kein Hobby.«

Über diese Frage dachte ich nach, als die Bedienung an unseren Tisch kam und die Bestellung aufnahm. Schließlich sagte ich in Beantwortung von Rays Frage: »Fehlt ihr der Laden? Ja, ich glaube schon. Ihr wird zwar nie langweilig, und sie findet immer was zu tun, aber sie hat einen leeren Laden angemietet und etwas daraus gemacht, was auf eindrucksvolle Weise ihre Persönlichkeit widerspiegelt.«

»Ja, jeder Quadratzentimeter davon war Elaine pur«, sagte Ray.

»Und es verschaffte ihr einen Kick, Dinge aufzuspüren, die kein Mensch eines zweiten Blickes gewürdigt hätte, und ihren künstlerischen Wert zum Vorschein zu bringen. Einer ihrer tollsten Trödelladenfunde war ein Malen-nach-Zahlen-Meisterwerk.«

»Das hat sie aber nicht schon gemerkt, als sie es gekauft hat.«

»Nein, es hat ihr nur spontan gefallen, und bei der Heilsarmee wollten sie fünfzehn oder zwanzig Dollar dafür, weshalb sie es auch nicht für nötig befunden hat, es durchleuchten zu lassen. Und dann hat sich eine Woche später oder so eine Kundin dafür interessiert und gesagt, es sähe ganz nach Malen-nach-Zahlen aus, worauf unser Mädchen blitzschnell schaltet und sagt: ›Ein typisches Beispiel für Art brut. Dieser spezielle Künstler hat sich für Malen-nach-Zahlen als Grundkonzept entschieden, und sehen Sie selbst, was er daraus gemacht hat.‹«

Ray nickte. »Solche Momente würde jeder vermissen.«

»Ihr fehlt die Action«, sagte ich, »und die Herausforderung. Ein Geschäft zu führen, kann ein Albtraum sein, du bist jedem freilaufenden Irren ausgeliefert, der eben mal hereingeschneit kommt, aber sie hat das genossen. Und irgendwann hat sie angefangen, mit einem echten Künstler zusammenzuarbeiten.«

»Das lassen wir lieber mal dahingestellt sein.«

»Jedes Mal wenn sie eine deiner Zeichnungen verkauft hat oder wenn sie einen Auftrag für ein Porträt an Land gezogen hat, hätte man denken können, sie hätte gerade den Nobelpreis bekommen. Als sie sich dazu durchgerungen hat, den Laden aufzugeben, und sogar schon, bevor sie es dem Hausbesitzer gesagt hat, hat sie sich nach jemand umgesehen, der dich an ihrer Stelle repräsentieren könnte.«

»Ich kann mich noch gut erinnern, wie sie damit herausgerückt ist. ›Ray, da ist Johanna Huberman, sie hat eine kleine Galerie in der Madison Avenue, und sie kann deine Arbeiten viel besser repräsentieren, als ich das kann. Ach, und übrigens, ich habe beschlossen, den Laden aufzugeben‹.«

»Das hört sich ganz nach ihr an. Bist du immer noch bei …«

»Johanna? Ja, bin ich. Das war wirklich ein guter Tipp von Elaine. Die Chemie zwischen uns stimmt. Es ist zwar eine langsame Art, reich zu werden, aber was will ich mehr, Matt, ich bin jetzt Künstler von Beruf. Davon lebe ich. Wer hätte das gedacht?«

———•———

Als wir beim Kaffee waren, erzählte ich ihm, was er über Ellen wissen musste. Dazu gehörte nicht, was sie früher beruflich gemacht hatte oder woher Elaine sie kannte. Sie besuchten dasselbe Seminar, sagte ich, und hatten sich angefreundet, und dann hatte sich die jüngere Frau mit ihrem Problem an Elaine gewandt.

Dieses Problem war natürlich der angebliche Paul, der in meinen Ausführungen von einem Freier zu einem Irren wurde, der infolge eines einzigen gemeinsamen Abendessens zu der Ansicht gelangt war, dass sie Seelenverwandte waren. Während ihr dieser eine peinliche Abend gereicht hatte, sah Paul das anders.

»Er stellt ihr also nach«, sagte Ray.

»Er versucht es zumindest. Sie hat sich vorübergehend eine andere Wohnung genommen. Vielleicht muss sie auch ihre Telefonnummer ändern, aber bisher hat sie das noch nicht getan.«

»Und er ruft sie an?«

»Ja, ziemlich oft.«

»War sie bei der Polizei?«

»Nein, und eigentlich würde ich ihr gern dazu raten, aber mir ist nichts eingefallen, was sie ihnen erzählen könnte. Sie weiß seinen Nachnamen nicht und ist auch nicht sicher, ob sein Vorname wirklich sein richtiger ist.«

»Paul, hast du gesagt.«

»Ja.«

»Wahrscheinlich ist er verheiratet«, sagte er. »Das würde erklären, warum er ihr seinen Namen nicht sagt. Aber das passt nicht dazu, dass er ihr nachstellt, oder?«

»An sich nicht, aber …«

»Aber vielleicht doch. Wenn er besessen von ihr ist, treten alle Regeln außer Kraft. Dafür gibt es einen Begriff.«

»Stalking?«

»Nein, Erotomanie. Es ist mehr als Besessenheit, es ist die

Überzeugung, eine richtige Beziehung mit dem Gestalkten zu haben, wenn es dieses Wort gibt. Manchmal kann das eine Person des öffentlichen Lebens sein, die der Betreffende nie persönlich kennengelernt hat. Wie diese Frau, die in David Lettermans Haus eingebrochen ist.«

»Das ist schon eine Weile her.«

»Jahre«, sagte Ray. »Keine Ahnung, wen sie sich als nächstes Opfer aussucht. Stephen Colbert wahrscheinlich. Oder einen von den Jimmys.«

»Dafür gehe ich zu früh ins Bett.«

»Ich nicht. Ich bin immer noch ein Nachtmensch, nur Talkshows schaue ich keine mehr. Aber ich muss sagen, dass ich David Letterman vermisse.«

»Du könntest immer noch in sein Haus einbrechen«, schlug ich vor. »Er würde sich bestimmt freuen, dich zu sehen.«

———•———

Als Ray und ich in unsere Wohnung kamen, saß Ellen in einer bequemen Hose und einem Pullover, die Schuhe hatte sie ausgezogen, auf der Couch im Wohnzimmer. Als Elaine mit einem Teller mit Shortbread aus der Küche kam, hatte ich Ellen und Ray bereits miteinander bekanntgemacht. Elaine versicherte Ray, dass er richtig gut aussähe, und er sagte, sie sähe so bezaubernd aus wie eh und je, und sie stellte die Kekse auf den Couchtisch, wo ihnen niemand Beachtung schenkte. Elaine hatte Ellen bereits erzählt, dass es die Mühe, den Laden zu führen, schon allein deshalb wert gewesen sei, weil sie so Rays Arbeiten hatte anbieten können, und Ray erzählte jetzt Ellen, wie Elaine ihn entdeckt hatte. »Aber es war nicht unbedingt

mit der Entdeckung Amerikas vergleichbar«, fügte er hinzu.
»Oder mit der eines neuen Planeten.«

Elaine hielt das für falsche Bescheidenheit, worauf Ray
meinte, er hätte mehr als genug Gründe zur Bescheidenheit,
worauf dem Smalltalk die Luft ausging. Ray öffnete den Reißverschluss seiner Mappe und holte einen Skizzenblock und ein
Mäppchen mit Stiften heraus, und Elaine sagte: »Dann macht
euch mal an die Arbeit, aber am Fenster ist das Licht besser.«

Als sie außer Hörweite waren, sagte sie zu mir: »Hoffentlich
kommt was dabei heraus. Sie wollte nämlich ursprünglich gar
nicht kommen.«

»Wieso?«

»Sie fürchtet, dass es nichts bringt. Und dass es ihre Schuld
ist.«

»Da mache ich mir überhaupt keine Sorgen.«

»Ich weiß.«

»Und wenn wirklich nichts dabei herauskommt, ist es nie-
mands Schuld.«

»Auch das weiß ich. Niemand hat die Kekse angerührt.«

»Bis jetzt«, sagte ich und aß einen.

»Ich weiß selbst nicht, warum ich einfach nicht anders
kann.«

»Meinst du, was zu essen anzubieten?«

»Es ist das Jüdischste an mir. Was?«

»»Was?‹«

»Du wolltest doch gerade was sagen.«

Ich nahm ein weiteres Shortbread und sagte: »Besonders jü-
disch schmecken die aber nicht.«

»Sie sind von Pepperidge Farm. Aber das ist nicht, was du sagen wolltest.«

»Fällt dir irgendetwas ein, das ich sagen könnte und nicht antisemitisch oder frauenfeindlich rüberkommt?«

»Auf die Schnelle nicht«, sagte sie.

Ich könnte nicht sagen, wann ich Ray Galindez kennengelernt habe, aber ich habe unsere erste Begegnung noch deutlich vor Augen, wie er mit einem Skizzenblock und einem Bleistift in einer Polizeistation an einem Schreibtisch saß. Schon relativ früh in seiner Zeit beim NYPD hatte sich herausgestellt, dass er ein ausgeprägtes Talent dafür hatte, die Erinnerungen von Zeugen in wirklichkeitsgetreue Zeichnungen zu übertragen. Viele Polizeizeichner verwenden für ihre Phantombilder die eine oder andere Version von IdentiKit, mit der sie Augen und Lippen und Kieferpartien so lange hin und her schieben, bis der Zeuge mit dem Ergebnis zufrieden ist. Und es gibt durchaus Fälle, in denen das hilfreich ist. Es ist auf jeden Fall besser als die altmodische Sie-reden-ich-zeichne-Methode, weil es nicht allzu viele begabte Zeichner in Uniform gibt, während den Umgang mit einem IdentiKit so ziemlich jeder lernen kann.

Aber niemand mit einem IdentiKit kam auch nur annähernd an Ray Galindez heran.

Es war nicht nur, dass er ein enorm guter Porträtzeichner war. Wenn man darauf achtet, sieht man jede Menge Männer und Frauen mit Skizzenblöcken und Bleistiften, die in U-Bahnen, Cafés oder Parks unauffällig Leute beobachten und sie zu zeichnen versuchen. Manchmal war es mir gelungen, einen Blick auf ein solches Bildnis von mir selbst zu erhaschen, und wenn an den meisten etwas nicht ganz stimmte, waren sie alles in allem doch erstaunlich gut. *Ja,* dachte man dann, *ganz gut getroffen, obwohl etwas am Mund nicht ganz stimmt. Aber trotzdem, nicht übel.*

Diese Zeichner hatten jedoch einen Vorteil. Sie konnten die Person, die sie zu zeichnen versuchten, sehen.

Ray dagegen standen nur Zeugen zur Verfügung, die auf nichts anderes als ihre mehr oder weniger exakten visuellen Erinnerungen zurückgreifen konnten. Um sie zu Papier zu bringen, musste er diese Erinnerungen zum Leben erwecken und zeichnen, was sie ihm gaben. Er musste sehr gut auf die Zeugen, mit denen er arbeitete, eingehen können und das entsprechende Gespür haben, um etwas damit anfangen zu können, wenn ein Zeuge sagte: »Nein, seine Augenbrauen waren irgendwie finsterer. Bedrohlicher.«

Vor einigen Jahren hatte ich mich einige Zeit mit einem extrem raffinierten Serienmörder herumgeschlagen. Damals hielt ich ihn zunächst für einen Alkoholiker, der trocken zu werden versuchte, und einen potenziellen Freund – was nur zeigt, wie geschickt er mich an der Nase herumführte. Als mir dann aber ein Licht aufging, setzte ich mich mit Ray zusammen, worauf es nicht lange dauerte, bis er ein Porträt meines vermeintlichen Freunds zu Papier brachte und ich einen Packen Kopien davon anfertigen ließ, die ich in der ganzen Stadt verteilte.

Das war insofern relativ einfach gewesen, weil ich einen sehr genauen Eindruck vom Aussehen des Mannes hatte und auf Rays Skizzenblock schauen und ihm sagen konnte, was mit dem Bild in meinem Kopf übereinstimmte und was nicht. Ray hatte allerdings die unheimliche Fähigkeit, sogar mit bestenfalls als verschwommen zu bezeichnenden Erinnerungen etwas anfangen zu können, selbst mit Kindheitseindrücken, in denen sich die Gesichtszüge der fraglichen Person nach all den Jahren längst im Zug der Auflösung befanden. Als Erster wurde das Elaine bewusst, nachdem sie Ray überredet hatte, einen Verwandten zu zeichnen, an den sie sich kaum mehr erinnerte, einen Mann, dessen Gesicht sie sich nicht einmal mehr selbst vorstellen konnte.

Sie rahmte das Ergebnis dieses Experiments und hängt es mit einem *UNVERKÄUFLICH*-Aufkleber an einer prominenten Stelle ihres Ladens auf. Es dauerte nicht lange, und sie konnte eine ganze Reihe von Aufträgen für Ray an Land ziehen. Unter anderem empfahl sie ihn an eine Frau weiter, deren einziges Foto von ihrem lang verstorbenen Vater bei einem Brand zerstört worden war. Das Ganze sprach sich herum, und daraufhin nahm unter anderem auch eine Holocaust-Überlebende Rays Dienste in Anspruch und ließ ihn anhand ihrer Erinnerungen Porträts aller ihrer toten Verwandten anfertigen.

Was dabei herauskam, war laut Elaine eine Mischung aus einem Sederabend in Litauen und Leonardos *Abendmahl*. »Mrs. Reisman hat darin nur ihre Familie gesehen«, sagte Elaine. »Zuerst könnte sie gar nicht aufhören zu weinen, und dann konnte sie nicht aufhören, Ray die Hände zu küssen.«

Elaine kehrte zu dem Roman zurück, den sie gerade zu Ende zu bekommen versuchte, und ich nahm mir wieder die *Times* vor. Etwa eine halbe Stunde später, ich war inzwischen zum Wissenschaftsteil vorgedrungen, wo es nichts Gutes über die

Zukunftsaussichten der Eisbären zu berichten gab, gesellten sich Ray und Ellen wieder zu uns. Sie küsste ihm zwar nicht die Hände, aber er hatte auch kein Gesicht gezeichnet, an das sie sich unbedingt erinnern wollte. Der Mann, der ihr von Rays Skizzenblock entgegenblickte, war jemand, den sie nach Möglichkeit vergessen wollte.

Ich konnte nicht beurteilen, inwieweit die Zeichnung dem Porträtierten gerecht wurde. Ich hatte Paul nie gesehen und wusste über sein Aussehen genauso wenig wie über seinen richtigen Namen. Das ovale Gesicht, das mir von dem Blatt Papier entgegenblickte, hatte eine breite Stirn, tiefliegende Augen, volle Lippen und leichte Hängebacken. Der Blick war bedrohlich, Mund und Kinn entschlossen, aber es ließ sich nicht sagen, wie viel davon den Tatsachen entsprach und wie viel Ellens emotionalem Ballast geschuldet war.

Aber das Ergebnis war das Porträt einer realen Person, während mich IdentiKit-Gesichter immer an Mr. Potato Head erinnerten und wie die meisten Polizeizeichnungen ein bisschen weniger als die Summe ihrer Teile waren. Dieses Gesicht jedoch schien nach dem Leben gezeichnet.

»Das ist er«, sagte Ellen.

———•———

Ray wollte kein Geld nehmen, nicht einmal eine Aufwandsentschädigung. »Das U-Bahnticket?«, sagte er. »Ich bitte euch.«

Aber er entkam nicht ohne einen Tupperware-Behälter mit dem Rest des Shortbread. »Sonst isst Matt sie alle«, sagte Elaine zu Ray. »Und er hatte bereits mehr, als er sollte.«

»Wenn das so ist«, sagte Ray.

Als er gegangen war, blieb Ellen noch lang genug, um ein Sandwich zu essen und ihr Erstaunen zu äußern, wie einfach die Zusammenarbeit mit Ray gewesen war und dass sie das Gefühl gehabt hatte, als könnte er mit seinem Stift ihre Gedanken lesen. Elaine begleitete sie nach unten und ließ drei Türen weiter ein halbes Dutzend Fotokopien von Rays Zeichnung machen. Eine davon war für Ellen, die sie, nachdem sie sich auf der Straße nach dem Mann auf der Zeichnung umgesehen hatte, in ein Taxi packte.

»Diesmal wusste ich wenigstens, wonach ich Ausschau halten muss«, sagte sie, als sie die Kopien und Rays Originalzeichnung auf dem Couchtisch ausgelegt hatte und jedes Bild aufmerksam studierte, als ob sie die Zuverlässigkeit des Kopiergeräts überprüfen wollte. Nach einer Weile ging sie mit dem Original ins Schlafzimmer, wo es zunächst einmal bleiben würde, bis es in Johanna Hubermans Hände gegeben wurde. Im Idealfall würde es sich dann den Rahmen mit einem Verbrecherfoto des Abgebildeten teilen.

»Er erstaunt mich immer wieder von Neuem«, bemerkte sie über Ray, worauf ich sie darauf hinwies, dass wir erst beurteilen könnten, wie erstaunlich er war, wenn wir den Stalker selbst zu sehen bekamen. »Laut Ellen«, sagte Elaine, »ist ihm das Porträt wie aus dem Gesicht geschnitten. Apropos, woher kommt dieser Ausdruck eigentlich?«

»Keine Ahnung.«

»Und es interessiert mich auch nicht wirklich. Es sollte eine Wort für eine Teilnahmslosigkeit geben, die so tief ist, dass man sogar zu faul ist, etwas zu googeln.«

»Gibt es bestimmt.«

»Um dieses Wort allerdings zu wissen«, fuhr sie fort, »müsste man ... Nein, vergiss es. Ich bin froh, dass Ray das Shortbread mitgenommen hat. Es war gut, oder?«

»Ich nehme mal nicht an, dass ein paar davon nicht mehr in den Behälter gepasst haben.«

»Nein, er war genau richtig.«

»Dann nimm nächstes Mal einen kleineren«, sagte ich.

»Er hat fast einen ganzen Tag geopfert«, sagte sie, »und musste extra von Williamsburg reinfahren ...«

»So weit ist das nun auch wieder nicht.«

»... und du gönnst dem armen Kerl nicht mal eine Handvoll Kekse.«

»Woher willst du wissen, dass er Shortbread überhaupt mag.«

»Shortbread mag jeder.«

»Also, ich glaube, dass er sich über einen kleinen Cupcake vielleicht genauso gefreut hätte.«

»Ein Stückchen Crumpet zum Tee?« Sie dachte kurz nach. »Ich habe Ray eigentlich nie als große Naschkatze gesehen. Er ist nur verrückt nach Bitsy. Oder war es zumindest.«

»Er ist es immer noch.«

»Natürlich sollte man dabei nie aus dem Auge lassen, dass alle Männer Schweine sind.« Und nach kurzem Überlegen fügte sie hinzu: »Was hattest du für einen Eindruck? Hat sie ihm schöne Augen gemacht?«

»Sie hat ihre Hand auf seine gelegt.«

»Wann?«

»Als du ihm das Shortbread eingepackt hast. Sie haben nebeneinander gesessen ...«

»Auf der Couch.«

»… und seine Hand war auf dem Tisch, mit der Handfläche nach unten, und sie hat was gesagt und zur Verdeutlichung mit den Händen gestikuliert.«

»Das macht sie immer.«

»Das machen die meisten Leute. Und als sie fertig war mit dem, was sie sagen wollte, hat sie ihre Hand auf seine gelegt.«

»Wie? So?« Ihre Hand bedeckte meine.

»In etwa.«

»Oder eher so?«

Ihre Hand übte geringfügig mehr Druck aus, und ich spürte sofort die Energieübertragung.

»Jetzt aber«, sagte ich.

»Das verlernt man nie«, sagte sie nachdenklich. »Auch nicht nach all den Jahren und selbst wenn einen das Leben zu einer alten verheirateten Frau gemacht hat, erinnert man sich noch, wie so was geht. Und unsere Ellen ist weder alt noch verheiratet, und sie ist wie lange aus diesem Geschäft ausgestiegen? Eineinhalb Minuten? Hat er die Botschaft verstanden?«

»Er hat kurz große Augen gemacht.«

»Vor Überraschung?«

Ich dachte darüber nach. »Nein.«

»Nein. Überrascht war er nicht. Sie hat ihn bestimmt schon ein bisschen berührt, als sie am Fenster an der Skizze gearbeitet haben. Aber das dürfte er noch als was Unbewusstes aufgefasst haben, als Folge davon, dass sie total in ihrer gemeinsamen Tätigkeit aufgegangen ist. Trotzdem dürfte es dazu geführt haben, dass er sie unter sexuellen Aspekten zu betrachten begonnen hat, wenn auch nur ganz an der Oberfläche, aber trotzdem.«

»Und als sie dann die Zeichnung fertig hatten, hat sie es noch mal gemacht. Und diesmal sogar vor Publikum.«

»Sie hat es vor dir gemacht«, sagte sie, »nicht vor mir.«

»Weil du es eher bemerkt hättest.«

»Und weil ich ihre Tutorin bin, oder so was Ähnliches zumindest. Sie wollte nicht von mir gesehen werden, wenn sie sich wie eine Nutte verhält.«

»Glaubst du wirklich, dass das dahintergesteckt hat?«

»Aber sicher, keine Frage. Sie hat sich wie eine Nutte verhalten, wie eine kultivierte allerdings. Andererseits, was hat sie denn auch groß gemacht? Ihre Hand auf seine gelegt? Es ist ja nicht so, dass sie ihm gleich an den Schwanz gefasst hat.«

———•———

Eine Stunde später, ich hatte in der Zwischenzeit am Computer gearbeitet, während sie sich wieder ihrem Roman zugewandt hatte, merkte ich, dass mich die Sache immer noch beschäftigte.

»Warum hat sie seine Hand berührt?«, fragte ich Elaine.

»Um sein Interesse zu wecken.«

»Schon klar«, sagte ich. »Aber warum? Glaubst du, sie will mit ihm ins Bett gehen?«

»Das kann ich mir eigentlich nicht vorstellen.« Sie merkte die Stelle ein und klappte das Buch zu. »Zum Teil ist es wahrscheinlich ein reiner Reflex. Schon bevor sie in dieses Gewerbe eingestiegen ist, wahrscheinlich sogar schon lange bevor sie überhaupt mit diesem Gedanken gespielt hat, hat sie gelernt, wie man mit Männern umgeht.«

»Man berührt ihre Hände.«

»Man weckt ihr Interesse. Und eine Möglichkeit, das zu erreichen, ist, das zu machen.«

»Und das soll alles sein?«

Sie schüttelte den Kopf. »Sie möchte einfach, dass er sie mag. Sie möchte ihn auf ihrer Seite haben. Er ist hergekommen, um uns einen Gefallen zu tun, aber er hat auch ihr einen Gefallen getan, und vielleicht hängt er sich ja mehr rein, wenn er sie mag.«

»Und wird er das?«

»Nicht bewusst«, sagte sie, »aber natürlich wird er es. Hast du dich bei den Klienten, die du mochtest, nicht mehr angestrengt? Damit meine ich jetzt nicht sexuell. Aber manche Leute, für die du gearbeitet hast, waren dir doch bestimmt sympathischer als andere.«

»Anfangs«, sagte ich, »habe ich lieber für Klienten gearbeitet, die ich nicht mochte. Weil es mir nicht so viel ausgemacht hätte, wenn ich ihnen nicht hätte helfen können. Aber wahrscheinlich hast du recht. Für diejenigen, die man mag, hängt man sich mehr rein.«

»Das ist vollkommen natürlich.«

Hatte sie sich, fragte ich mich, bei manchen Freiern mehr angestrengt als bei anderen? Mehr Intimität zugelassen? Ihre Rolle mit mehr Engagement gespielt? Sich ein paar Dinge vorbehalten, die sie nur mit wenigen Auserwählten machte?

Ich fragte sie nicht. Hätte ich natürlich gekonnt, und wenn mich diese Frage stark beschäftigt hätte, hätte ich es wahrscheinlich auch getan, aber ich hatte nicht das Bedürfnis. Die Jahre, in denen sie als Callgirl gearbeitet hatte, waren eine natürliche Folge der Person gewesen, die sie als Mädchen gewesen war, selbst wenn sie inzwischen ein Teil der Person waren, die sie jetzt war.

»Ich kann mir durchaus vorstellen, dass sie ihn mit ein bisschen Intimität motivieren wollte«, sagte ich. »Aber als er dann die Zeichnung fertig hatte und nach Hause zu Frau und Kindern wollte …«

»War es eine Belohnung für die gute Arbeit, die er geleistet hat.«

»Ach so.«

»Und sie wollte ihm zeigen, dass sie ihn auch noch sympathisch findet, obwohl sie ihn nicht mehr braucht. Und ich war nicht im Zimmer.«

»Während ich es gar nicht bemerkt hätte.«

»Und ob du es gemerkt hättest. Du bist Detektiv, du hast von Natur aus eine gute Beobachtungsgabe. Und außerdem hätte es sie bestimmt nicht gestört, weil es für sie eine Gelegenheit war, auch noch in einem Aufwasch mit dir zu flirten. ›Bin ich etwa nicht sexy? Und ich mag Männer, und unter anderen Umständen könnte es deine Hand sein, die ich berühre.‹«

Ich enthielt mich eines Kommentars, und wahrscheinlich bekam mein Blick etwas Abwesendes, weil sie fragte: »Was ist?«

»Ich habe an unsere kleine Fantasie von gestern gedacht.«

»Der Zweier-Dreier? Das überrascht mich jetzt aber. Wie könnte jemand auf die Idee kommen, dass du daran denken würdest? Und was genau hast du gedacht?«

»Dass sie mir nichts beweisen musste. Dass ich bereits wusste, dass sie verdammt sexy ist, weil ich mich an all die Dinge erinnern konnte, die sie mit wahrer Begeisterung getan hat. Und dann musste ich mir in Erinnerung rufen, dass sie ja gar nichts getan hat, weil sie nicht mal dabei war.«

———•———

Am nächsten Morgen sagte mir Elaine am Frühstückstisch, dass sie zum Yogakurs ginge. Konnte sie sich so an die Öffentlichkeit wagen?

Sie trug eine maßgeschneiderte Black-Watch-Karojacke und dazu ein blaues Seidentop und eine schwarze Jeans.

»Für den Yogakurs?«, sagte ich. »Das ist aber nicht unbedingt eine weite Trainingshose und ein Mötley-Crüe-T-Shirt.«

Sie hielt ihre Sporttasche hoch, ein Werbegeschenk einer nicht mehr existenten Fluggesellschaft. »Trainingshose und Top. Aber keine weite.«

»Na dann.«

»Und ich habe nicht mal ein Mötley-Crüe-T-Shirt. Am ehesten kommt dem noch das The-Bad-Plus-T-Shirt, das du mir unbedingt kaufen wolltest, nachdem wir sie im Vanguard gesehen haben. Aber das ist in der Wäsche.«

»Ach so.«

»Nach dem Yoga«, sagte sie, »muss ich mich mit einem Priester treffen.«

»Wenn du alles beichtest …«

»Mit einem kroatischen Priester.«

»Oh.«

»Bei unserem gestrigen Treffen haben wir nämlich beschlossen, dass unsere Dienstagtreffen nicht ausreichen. Wir würden gern noch ein Abendtreffen abhalten.«

»In derselben Kirche?«

»Wenn sie einen Raum frei haben. Wir versuchen, am Freitag einen zu bekommen, und wenn das nicht geht, würden wir auch den Donnerstag nehmen.«

»Freitag fände ich gut«, sagte ich.

»Nicht so nahe an Dienstag. Außerdem ist es, mal unter rein egoistischen Gesichtspunkten betrachtet, der Tag, an dem du dein festes Treffen in St. Paul's hast.«

»Zwei Fliegen mit einer Klappe.«

»Nach dem Yoga habe ich noch eine Stunde Zeit, bevor ich mich mit Marjorie treffe, um in der Kirche mit Father Tomislav zu reden. Und danach werden wir wahrscheinlich zu Mittag essen. Ich sage dir Bescheid, wenn es später wird.« Sie verzog das Gesicht. »Weißt du was? Die Bluse passt irgendwie nicht.«

»Wieso? Was gefällt dir daran nicht?«

»Sie ist zu blau«, sagte sie, »und sie liegt zu eng an.«

Sie ging sich umziehen und ich zog mich mit dem Rest meines Kaffees ins Wohnzimmer zurück, um mir Rays Zeichnung von Ellens Stalker anzusehen – eine Fotokopie, nicht das Original, das sicher verwahrt war. Als Elaine zurückkam, trug sie anstelle der blauen Seidenbluse ein Oxfordhemd.

»Immer noch blau«, sagte ich.

»Aber nicht zu blau. Sehe ich okay aus?«

»Um dich mit einem Priester zu treffen? Perfekt, würde ich sagen. Du siehst aus wie ein Ministrant.«

<hr />

Sie ging, und eine halbe Stunde später tat das auch ich. In der Nacht hatte es geregnet, aber jetzt war die Sonne rausgekommen. Ich nahm am Columbus Circle den One Train nach Süden und stieg in der Twenty-Eighth Street, Ecke Seventh Avenue aus. Damit war ich nur einen Block nördlich von Ellens Wohnung, aber fast tausend Meter westlich davon.

Ich spazierte in aller Ruhe los. Ich konnte mich nicht erinnern, wann ich zum letzten Mal in diesem Teil der Stadt gewesen war, obwohl ich mir jahrelang viel darauf eingebildet hatte, wie gut ich die Stadt kannte und wie viel ich dort zu Fuß unterwegs war. Vor noch gar nicht so vielen Jahren wäre ich, wenn ich es nicht eilig gehabt hätte, die ganze Strecke zu Fuß gegangen und hätte die U-Bahn überhaupt nicht genommen. Zwei Meilen an einem perfekten Herbstmorgen? Warum nicht?

Eine Antwort auf diese Frage war mein Knie, wenn auch nicht die einzige. Ich hätte länger gebraucht, weil ich nicht mehr so gut zu Fuß war wie früher. Und es hätte mich einige Energie gekostet, von der ich keinen unbegrenzten Vorrat mehr zu haben schien. Ich hätte mir Stellen suchen können, an denen ich unterwegs Halt machen konnte. Eine Bank im Bryant Park zum Beispiel, wenn mein Weg dort vorbeiführte. Ein Café, ein Pizzastand.

Außerdem wollte ich nicht nur ein bisschen Bewegung oder Luft schnappen oder die Zeit totschlagen. Ich hatte etwas zu erledigen. Ich hatte eine Klientin, ich arbeitete.

Oder tat zumindest so. Manchmal ist das schwer zu unterscheiden.

— ◆ —

Bevor sie erst in ein Hotel, dann in die Wohnung in der Upper West Side geflohen war, hatte Ellen Lipscomb in einem sechsstöckigen Haus auf der Südseite der East 27th Street zwischen Third und Lexington gewohnt. Ich stieg die Betontreppe zur Eingangstür hinauf und betrat einen Windfang. Dort gab es zwei Reihen von Klingelknöpfen, neben denen die Namen der Hausbewohner standen. Drei oder vier hatten es vorgezogen, anonym zu bleiben, die restlichen Namensschilder reichten von gravierten Plaketten, wie man sie bei Schlüsseldiensten anfertigen lassen konnte, über Namen, die aus Visitenkarten ausgeschnitten waren, bis zu handbeschrifteten Papierstreifen wie dem neben der Klingel von 4-B. Kein Vorname, nicht einmal ein Anfangsbuchstabe: LIPSCOMB.

Ich klingelte. Ich rechnete nicht mit einer Reaktion und erhielt auch keine. Ich zählte die Klingelknöpfe, rechnete kurz nach und gelangte zu dem bereits erwarteten Ergebnis: Auf jeder Etage gab es vier Wohnungen. 4-B musste entweder rechts vorne oder links hinten sein.

Auf dem gravierten Metallschild neben dem fünfundzwanzigsten Knopf am unteren Ende der zweiten Reihe stand SUPERINTENDANT, was sich für mich falsch anfühlte. Andererseits kommt einem jedes Wort, wenn man es lange genug ansieht, irgendwann falsch geschrieben vor. Mein Finger verharrte kurz über dem Klingelknopf, bevor ich ihn wieder zurückzog.

Wieder im Freien, ging ich das restliche Stück bis zur Third Avenue, überquerte sie und ging zum Cuppa zurück, einem Nicht-Starbucks-Café, das mir auf dem Hinweg aufgefallen war. Gegenüber der Verkaufstheke waren drei Tische, zwei davon frei, der dritte von einer jungen Frau besetzt, die hektisch auf ihrem Laptop tippte. Am Fenster zur Straße stand außerdem eine Hackblocktheke mit drei freien Hockern. Ich holte mir bei der gemischtrassigen Barista einen kleinen schwarzen Kaffee. Mutter Vietnamesin, Vater afro-amerikanischer Soldat, vermutete ich. Ich trug meine Tasse zu der Theke am Fenster und setzte mich auf den Hocker, der am weitesten rechts stand. Von dort hatte ich den besten Blick auf das Haus, in dem Ellen wohnte. Allerdings hätte ich nicht sagen können, weshalb ich das Bedürfnis verspürte, es zu beobachten.

Ich nahm an, dass es wahrscheinlich sexistisch oder rassistisch oder sonst etwas in der Art war, dass ich vermutete, dass die Mutter Vietnamesin war und der Vater ein schwarzer Amerikaner. Ich spielte verschiedene Möglichkeiten durch und kam dabei so weit, wie man kommen konnte, ohne die DNA der jungen Frau in ein Labor einzuschicken. An diesem Punkt begann ich mich zu fragen, was eigentlich mit mir los war.

Ich holte mein Handy heraus. Keine Textnachrichten, nichts auf der Mailbox. Ich googelte *superintendant* und bekam meinen Verdacht bestätigt. Die korrekte Schreibweise war *superintendent*. Dann gab ich *attendent* ein, was sich falsch anfühlte und es auch war. *Attendant*, teilte mir Google mit.

Wie soll da jemand diese blöde Sprache richtig lernen?

———●———

Ich holte die Zeichnung heraus und betrachtete sie. Ich schaute aus dem Fenster, als triebe sich der Dreckskerl irgendwo dort draußen rum, drückte sich in einen Hauseingang und beobachtete das Haus.

Als ich den Boden meiner Kaffeetasse erreichte, schob ich es nicht mehr länger auf. Ich zeigte die Zeichnung der Barista, die wissen wollte, wer der Kerl war und was er angestellt hatte. »Bei uns sind mehrere Meldungen über ihn eingegangen«, sagte ich.

»Meldungen?«

»Beschwerden könnte man es auch nennen.«

Sie hatte ihn nicht gesehen. Ich gab ihr eine Visitenkarte, eine, auf der nur mein Name und meine Handynummer standen. Könnte sie sich die Zeichnung noch mal ansehen, um sich das Gesicht besser einzuprägen? Und könnte sie mich anrufen, falls sie den Mann sah?

Die Frau mit dem Laptop hatte gelocktes rotes Haar und ein spitzes Kinn. Sie hatte ebenfalls viele Fragen: Wer war der Mann? Was hatte er getan? Und wer war ich, und warum interessierte ich mich für das Ganze? Er hat Frauen belästigt, verriet ich ihr, und er war mit hoher Wahrscheinlichkeit gefährlich.

»Ich habe jedenfalls keine Angst vor ihm.« Sie nahm meine Visitenkarte und versprach, mich anzurufen.

· · · · ◆ · · · ·

Ich klapperte beide Seiten der Straße ab, ging in jedes Geschäft. Eine Reinigung, ein indisch-pakistanischer Lebensmittelladen, eine Bodega, eine Weinbar. Die Kassiererin des Diners an der Ecke meinte, der Mann auf der Zeichnung käme ihr bekannt vor, aber sie sähe jeden Tag Hunderte von Menschen, und irgendwie kämen ihr alle bekannt vor. Der Mann hinter der Theke sah sich die Zeichnung an, runzelte die Stirn und sagte: »Klar.«

»Sie erkennen ihn wieder?«

»Ich kann mir gut Gesichter merken. Fragen Sie die Leute.«

»Ich glaube es Ihnen auch so. Wann haben Sie ihn gesehen?«

»Wochentage und Uhrzeiten kann ich mir leider nicht so gut merken«, sagte der Mann. »Aber er war zweimal hier. Einmal hat er auf dem Hocker dort drüben gesessen und das andere Mal auf dem dort.« Er deutete. »Es könnte aber auch anders rum gewesen sein.«

»Aber wann das war, wissen Sie nicht mehr?«

»Na ja, ich fange immer mittags an und mache um zehn Schluss. Was die Tage angeht, würde ich sagen, letzte Woche. Heute nicht und auch gestern nicht, die Tage zuvor. Ich bin wohl keine große Hilfe, hm?«

»Das würde ich nicht sagen.«

»Aber was er bestellt hat, kann ich Ihnen sagen. Beide Male das gleiche. Einen Tuna Melt mit Pommes. Hilft Ihnen das weiter?«

Ich wusste, was ich zu tun hatte. Und ich wusste, dass ich mich dagegen sperrte. Denn ich war ein alter Mann mit einem maladen Knie und inzwischen nur noch in der Lage, mir Dinge einfallen zu lassen, die andere Leute für mich tun konnten.

Früher hätte ich TJ eine Kopie der Zeichnung gegeben und ihn an einer Stelle postiert, wo er Ellens Haus im Auge behalten konnte. Und wenn ich die entsprechenden Köder ausgelegt hätte, um Paul anzulocken, hätte ihm TJ folgen können, um herauszufinden, wer er war und wo er wohnte und arbeitete.

Dann hätte ich die Angel ausgeworfen und ihn an den Haken bekommen.

Und wenn ich ihn schließlich eingeholt hätte, wäre Mick

dabei gewesen und hätte die nötige Muskelkraft und Ent-
schlossenheit beigesteuert, die mir immer mehr abhandenkam.

So wäre es früher gewesen.

Aber das war einmal, und jetzt war jetzt. Doch mir war klar,
was ich zu tun hatte – und dass ich es ganz allein tun musste.

Zurück vor Ellens Haus, betrat ich den Windfang und klingelte beim falsch geschriebenen »Superintendant«, dem Hausmeister. Ich wollte bereits ein zweites Mal klingeln, als sich
eine Stimme durch das Rauschen der Sprechanlage kämpfte
und fragte, wer ich sei und was ich wolle. Ich versuchte, es dem
Rauschen mit einer entstellten Antwort gleichzutun, die die
Wörter *Hausbewohnerin* und *Polizeiangelegenheit* enthielt. Das
war eine zulässige Art, etwas zu sagen, ohne etwas zu sagen,
und zog ein, Rauschen hin oder her, deutlich hörbares Seufzen
nach sich, auf das ein »Komme gleich« folgte.

Kurz darauf kam er durch die Tür zu mir in den Windfang.
Da er ein Schwarzer war, musste ich unwillkürlich an die Barista denken und fragte mich, ob er seine vietnamesische Frau
in ihrer Kellerwohnung gelassen hatte.

Aber für Vietnam war er nicht alt genug. Er war Anfang,
Mitte fünfzig, etwa so groß wie ich und zeigte neben Anzei-
chen von Haarausfall auch einige andere Altersspuren. Er trug
einen grauen Overall, hatte breite Schultern, aber auch eine ordentliche Wampe, und die Art, wie er sich bewegte, deutete
darauf hin, dass es sich bei letzterer um eine jüngere Errungen-
schaft handelte und er sich nicht erklären konnte, wie es dazu
gekommen war.

Ich zeigte ihm Rays Zeichnung und fragte ihn, ob er die darauf abgebildete Person gesehen hätte.

Er betrachtete das Phantombild lange, bevor er den Kopf schüttelte. »Nie gesehen.«

»Sind Sie sicher?«

»Absolut.«

Gut. Mir war schon zur Hälfte seines langen Blicks klar geworden, dass er mich belügen würde, und das *absolut* räumte meine letzten Zweifel aus. »*Mr. Simpson, wie lautet Ihre Antwort auf die Mordanklage?*« »*Mit absoluter, hundertprozentiger Sicherheit nicht schuldig.*«

Na dann.

Dann wusste er also etwas, worüber er nicht mit der Wahrheit herausrücken wollte, und ein guter Lügner war er auch nicht. Besser hätte es gar nicht kommen können.

»Schauen Sie es sich trotzdem noch mal an«, forderte ich ihn auf. »Er ist nämlich in den letzten Tagen hier vorbeigekommen und hat sich nach einer Mieterin erkundigt.«

»Daran könnte ich mich erinnern.«

»Das werden Sie sicher auch können, wenn ich Ihnen sage, dass diese Hausbewohnerin eine junge Frau war, Ellen Lipscomb.«

»Ich glaube, sie ist ausgezogen.«

»Ach?«

»Sie hat zwar bis zum Monatsende die Miete bezahlt, insofern ist es kein Problem, aber ich habe sie schon eine Weile nicht mehr gesehen.«

»Wieso schließen Sie daraus, dass sie ausgezogen ist?«

»Na ja, wissen Sie …«

»Was passiert, wenn einer Ihrer Mieter an Thanksgiving zu seiner Familie nach Ohio fliegt? Oder eine Woche in die Hamptons fährt? Rufen Sie dann den Vermieter an und sagen ihm, einen neuen Mieter für die Wohnung zu suchen?«

Er stieß einen Seufzer aus, der noch ein paar Pfund schwerer war als der, der durch die Sprechanlage gekommen war. »Ach, du Scheiße«, sagte er dann. »Fehlt ihr auch nichts? Miss Lipscomb?«

»Wieso fragen Sie das?«

»Wegen Ihnen. Wegen Ihnen frage ich das. Weil Sie mir dieses Bild gezeigt haben.« Er streckte die Hand nach der Zeichnung aus und drehte sie so, dass er sie besser sehen konnte. »Ist das ein Foto? Sieht eher wie eine Zeichnung aus.«

»Es ist eine Fotokopie einer Porträtzeichnung«, sagte ich wahrheitsgemäß. »Und Sie kennen doch den Mann, der darauf abgebildet ist?«

»Er ist ihr Bruder.«

Ich sagte nichts.

»Hat er jedenfalls gesagt«, fuhr er fort. »Er ist ihr Bruder, und sie ist verschwunden, und ihre Familie macht sich Sorgen um sie. Er ist nicht ihr Bruder, oder?«

»Nicht mal annähernd.«

»Hat er …«

»Was?«

»Hat er ihr was angetan?«

»Noch nicht«, sagte ich.

Ich beobachtete, wie Bedauern und Angst in seinen Blick krochen. Was nicht zum ersten Mal zeigte, dass schlechte Lügner oft anständige Menschen sind.

»Er hat gesagt, er wäre ihr Bruder, ihr älterer Bruder, und er hat behauptet, er würde mit der Polizei zusammenarbeiten. Aber das war beides …«

»Nicht wahr.«

»Er hat gesagt, sie hätte psychische Probleme, ja, so hat er es genannt, psychische Probleme. Und deshalb sie sich für Geld mit Männern eingelassen. Das stimmt schon, oder?«

»Dass sie psychische Probleme hatte?«

»Nein, dass sie sich für Geld mit Männern eingelassen hat. Das war jedenfalls der Eindruck, den ich hatte. Wegen der Besucher, die immer aus ihrer Wohnung gekommen sind. Und wegen Weihnachten.«

»Wegen Weihnachten?«

»Das großzügige Trinkgeld, das sie mir immer gegeben hat«, sagte er. »So viel habe ich von sonst niemand im Haus bekommen. Jeder weiß, dass diese Mädchen gern viel Trinkgeld geben.«

»Noch mal zurück zu unserem Freund hier.« Ich deutete auf das Phantombild. »Wie hat er Sie gefunden?«

»Er hat bei mir geklingelt. Ich bin nach oben gekommen. Er war nicht hier draußen, sondern schon im Flur. Entweder hatte er einen Schlüssel, oder jemand hat ihm die Tür aufgehalten. Eigentlich sollen das die Mieter nicht tun, aber es ist eine normale menschliche Reaktion, finden Sie nicht auch? Man schlägt doch jemand nicht einfach die Tür vor der Nase zu. Außerdem war er gut gekleidet, in Anzug und Krawatte.«

»Er hat jedenfalls nicht wie ein Junkie ausgesehen, der jemand die Wohnung ausräumen will.«

»Nein, er hat einen seriösen Eindruck gemacht.«

»Haben Sie ihn vorher schon mal gesehen?«

»Wann hätte ich ihn denn sehen sollen? Ach so, Sie meinen, ob er früher schon mal hier war? Er war ein …«

»Ja, ein Kunde von ihr.«

»O nein«, stöhnte er. »Ich habe ihn in ihre Wohnung gelassen und gewartet, während er sich dort umgesehen hat. Er hat Schubladen geöffnet, ihre Sachen berührt.« Er sah mich an. »Er hat so getan, als stünde ihm das zu, wenn Sie wissen, was ich meine.«

Ich nickte.

»Und Geld hat er mir auch gegeben. Aber nicht so: ›Hier, ich gebe Ihnen hundert Dollar, wenn Sie mich in ihre Wohnung lassen.‹ Eher so, dass die Familie will, dass er nach ihr sieht, wegen der ganzen Situation und überhaupt, und dann hat er seine Brieftasche herausgeholt und einen Schein rausgenommen und gefaltet und gesagt: ›Der ist für Ihre Bemühungen.‹ Und dann hat er ihn mir in die Hand gedrückt.«

Ja, genau so dürfte er es gemacht haben.

»Hat er Ihnen seinen Namen gesagt?«

»Lipscomb, derselbe wie ihrer. Aber wenn er nicht ihr Bruder ist …«

»Heißt er vermutlich nicht Lipscomb. Vorname?«

»Daran kann ich mich nicht erinnern.«

»Wollte er denn nicht, dass Sie sich mit ihm in Verbindung setzen?«, fragte ich. »Für den Fall, dass sie zurückkommt.«

»Er hatte einen kleinen Notizblock dabei. Auf den hat er was geschrieben und dann den Zettel abgerissen und mir zugesteckt. So ähnlich wie den Geldschein für meine Bemühungen.« Er runzelte die Stirn über die Redewendung. »Ein Name und eine Telefonnummer. Aber mein erster Gedanke war: *Nein, Sir, Sie werde ich nicht anrufen.*«

»Das war, nachdem er in ihrer Wohnung war.«

Er nickte. »Ich bin die ganze Zeit geblieben, und wir sind zusammen rausgegangen, und ich habe abgeschlossen. Und dann hat er mir den Zettel gegeben.«

»Haben Sie ihn noch?«

»Ich hätte diesen Mann auf keinen Fall angerufen.«

»Aber den Zettel haben Sie doch behalten?«

»Ich glaube schon, dass ich ihn noch habe. Wenn ich ihn weggeworfen hätte, müsste ich es eigentlich noch wissen.«

<hr />

Wir stiegen die Treppe zur Kellerwohnung hinunter. Weil das Erdgeschoss im Hochparterre lag, war der Keller eher ein Souterrain und bekam etwas Tageslicht. Offensichtlich war der Hausmeister ein ordentlicher Mensch, denn die Wohnung war sauber und gemütlich und anständig möbliert.

Ich hatte die Erfahrung gemacht, dass Hausmeister meistens schöne Möbel hatten. Wenn Mieter auszogen und Sachen zurückließen, fiel für die Hausmeister nicht selten etwas Brauchbares ab.

Falls in der Wohnung auch eine Frau lebte, ob nun Vietnamesin oder sonst was, ließ sie sich nicht blicken. Aber die Wohnung sah eher so aus, als würde sie von einem ordentlichen Mann allein bewohnt. Er bot mir einen Stuhl an, auf dem ich allerdings nicht Platz nahm, und fragte, ob ich ein Glas Wasser oder sonst etwas zu trinken wolle. Ich lehnte dankend ab.

»Er muss hier irgendwo sein«, sagte er, als wüsste er nicht, wo der Zettel sein könnte. Doch dann steuerte er zielstrebig auf einen Schreibtisch zu, zog die rechte obere Schublade heraus und nahm einen zusammengefalteten linierten Zettel heraus. Er entfaltete ihn, überflog ihn kurz, faltete ihn wieder und reichte ihn mir.

Paul Lipscomb, stand darauf. Und eine Telefonnummer.

So einfach kann es doch nicht sein, dachte ich und zog meinen Notizblock heraus. Wenn er dem Hausmeister seine Festnetz- oder Handynummer gegeben hatte, hatte ich ihn. Fünf Minuten am Computer, und ich wusste alles, was ich über diesen Dreckskerl wissen musste.

Aber wie sich herausstellte, war es tatsächlich nicht so einfach. Die Nummer auf dem Zettel, die unter dem Namen stand, der nicht seiner war, gehörte zu dem Prepaid-Handy, mit dem er Ellen immer anrief.

Ich faltete den Zettel und steckte ihn in meine Geldbörse. Der Hausmeister machte den Eindruck, als ob er ihn zurückhaben wollte, aber nicht wusste, wie er darum bitten sollte.

Ich sagte: »Sie wollen ihn doch nicht anrufen, oder?«

»Auf keinen Fall. Nur so eine Frage. Waren Sie mal ein Cop?«

»Vor langer Zeit.«

»Hab ich mir fast gedacht. Irgendwas an Ihrem Auftreten ...«

»Allerdings bin ich schon ein paar Jahre über das Pensionsalter hinaus. Inzwischen arbeite ich als Privatdetektiv.« Ich holte eine Visitenkarte heraus. »Matthew Scudder«, stellte ich mich vor.

Er wiederholte meinen Namen und sagte, dass er Henry

Loudon sei. Das notierte ich mir und bat ihn um seine Telefonnummer, die ich mir ebenfalls notierte. »Durchaus möglich, dass er Sie anruft«, sagte ich.

»Bisher hat er das noch nicht getan«, sagte er. »Aber wenn doch und wenn auf dem Display eine Nummer erscheint, die ich nicht kenne, lasse ich den Anruf auf den Anrufbeantworter gehen.«

»Es ist auch nicht auszuschließen, dass er noch mal auftaucht.«

»Wenn dieser Kerl bei mir klingelt, bin ich gerade dabei, den Ölbrenner zu reparieren.«

»Gut«, sagte ich und holte meinerseits die Geldbörse heraus und fand einen Hunderter darin. Er wollte ihn nicht nehmen und meinte, das wäre nicht nötig.

Ich bestand aber darauf und versicherte ihm, dass er mir sehr geholfen und viel Zeit erspart hätte. Und dass er jetzt meine Visitenkarte hätte und mir auf der Stelle Bescheid geben sollte, wenn sich unser Freund noch einmal bei ihm meldete.

»Das würde ich sowieso tun«, sagte er. »Als sie mir diese Zeichnung gezeigt haben, habe ich ihn übrigens sofort erkannt.«

»Diesen Eindruck hatte ich auch.«

»Warum ich gelogen habe … wissen Sie, ich habe mich geschämt. Soll ich Ihnen sagen, was er getan hat?«

In den Kleiderschrank geschaut, dachte ich, und ihre Krokohandtasche gesehen.

»Ich habe Ihnen doch gesagt, dass er ihre Sachen angefasst hat.«

»Ja, das haben Sie gesagt.«

»Fast so, als ob er Miss Lipscomb berühren würde, und nicht wie ein Bruder. Und soll ich Ihnen noch was sagen? Er ist ins Bad gegangen.«

»Aha?«

»Sie hat einen Wäschekorb. So einen geflochtenen, wissen Sie? Er hat mir mit seinem Körper die Sicht verdeckt, aber er hat den Deckel hochgehoben und reingelangt und in ihrer schmutzigen Wäsche rumgefummelt. Und was rausgenommen.«

Ich wartete.

»Ein Höschen, glaube ich. Ich habe es nicht richtig gesehen, ich wollte es auch nicht richtig sehen, aber ich glaube, es war ein Höschen. Aus der schmutzigen Wäsche.« Er holte tief Luft. »Deshalb habe ich so getan, als würde ich ihn nicht erkennen.« Er korrigierte sich. »Deshalb habe ich Ihnen *gesagt*, dass ich ihn nicht kenne. Ich wollte mit der ganzen Sache einfach nichts mehr zu tun haben.«

Ich legte ihm die Hand auf die Schulter. »Machen Sie sich mal keine Sorgen, Henry. Das kriegen wir schon hin.«

———•———

Ein Höschen.

Kein gutes Zeichen.

———•———

Ich saß am Computer, als Elaine hereinkam und mir hocherfreut erzählte, dass ihnen Father Tomislav den Kellerraum für ein zweites Treffen zu Verfügung stellen würde. Freitags war er zwar nicht frei, aber sie konnten ihn donnerstags von 19.30 bis 21 Uhr haben.

»Anschließend waren Marjorie und ich Mittag essen, und dann sind wir in ihre Wohnung gegangen und haben allen Bescheid gegeben, dass wir morgen Abend ein Treffen haben. Er ist wirklich nett.«

»Father Tomislav?«

»Ich bin mir nur nicht sicher, ob er weiß, wer wir sind.«

»Hast du ihm nicht gesagt, dass ihr euch die Tarts nennt?«

»Ich habe ihm gesagt, dass wir zu Working Women in America gehören.«

»Gibt es so eine Organisation?«

»Müsste es eigentlich, findest du nicht? Ich hätte wahrscheinlich auch sagen können Working Girls of America. Er kommt mir zu blauäugig vor, um den Begriff zu kennen.«

»Oder er erinnert ihn an diesen Film mit Meg Ryan.«

»Melanie Griffith«, korrigierte sie mich behutsam. »Vermutlich könnte man sagen, ich habe ihm den Eindruck vermittelt, dass wir so eine Art Anonyme Alkoholiker für berufstätige Frauen sind. Was gar nicht so weit von der Wahrheit entfernt ist, oder? Und wie war's bei dir heute?«

Ich erzählte es ihr, und sie beglückwünschte mich, dass ich so viel erreicht hatte, aber ich wischte es mit einer kurzen Handbewegung beiseite. »Ich habe alles verkehrt gemacht«, sagte ich. »Man braucht nur ein paar Jahre untätig rumsitzen, und schon gehen alle Instinkte den Bach runter. Mir ist erst gegen Ende meines Gesprächs mit dem Hausmeister eingefallen, ihn nach seinem Namen zu fragen – oder mich vorzustellen.«

»Hättest du das sofort tun sollen?«

»Natürlich, und vor allem, ohne lange überlegen zu müssen. Ich hätte Henry bitten sollen, mich in die Wohnung zu lassen, damit er gesehen hätte, dass ich dort nichts anderes mache, als mich umzusehen. Dann wäre er selbst zu der Überzeugung gekommen, dass es okay war, mich in die Wohnung zu lassen.«

»Hast du ihn denn gar nicht gefragt?«

»Er hat mich gefragt, ob ich nach oben gehen wollte, und ich habe gesagt, das wäre nicht nötig. Sobald die Worte raus waren, habe ich es mir anders überlegt, aber das wäre vom Timing komisch gewesen. Mein Gott, ich kann nur hoffen, dass er Paul nicht auf diesem Prepaidhandy angerufen hat, sobald ich gegangen bin.«

»Hältst du das denn für möglich?«

»Ich habe zwar den Zettel mit der Nummer mitgenommen, aber er könnte sie sich noch irgendwo anders aufgeschrieben haben – oder sogar gemerkt haben.« Ich dachte kurz nach. »Nein, ich kann mir nicht vorstellen, dass er das getan hat. Ich glaube, für ihn stand völlig außer Frage, dass Paul ... wenn ich bloß einen anderen Namen für diesen Dreckskerl hätte.«

»Mr. Lipscomb?«

»Ja, klar. Er wusste, dass er nicht ihr älterer Bruder ist. Und das heißt, er wurde belogen und ausgetrickst, und dafür haben hundert Dollar nicht annähernd als Entschädigung gereicht.«

»Und das hast du mit deinen hundert gewissermaßen wieder wettgemacht.«

»Aber weißt du, was es wirklich bewirkt hat?«

»Das mit dem Höschen, meinst du?«

»In Henrys Augen hat ihn das zu einem Perversling gemacht. Und das ist gut so, aber andererseits ist es auch nicht so gut.«

»Inwiefern?«

»Weil er eindeutig gefährlich ist«, sagte ich.

»War uns das denn nicht von Anfang an klar?«

»Er hat ihr benutztes Höschen geklaut«, sagte ich. »Aus ihrem Wäschekorb. Obwohl die Gefahr bestand, dass Henry es mitbekam.«

»Du meinst, er hat ganz bewusst das Schicksal herausgefordert?«

»Eher ist er so besessen von ihr, dass er sich nicht beherrschen konnte. Dass er gefährlich ist, war uns immer schon klar. Nur nicht, wie gefährlich.«

<hr />

Vor vielen, vielen Jahren, als ich als Polizist des NYPD vereidigt wurde, trug ich eine Uniform, die ich bei Rathburn & Sons gekauft hatte, einem Laden für Polizeibedarf, der gleich um die Ecke vom alten Präsidium in der Centre Street lag. Im Lauf der Jahre legte ich mir dort noch andere Ausrüstungsgegenstände zu – Handschellen, eine kugelsichere Weste, einen Schlagstock, der mir in einer whiskeyseligen Nacht abhandengekommen war. Das Rathburn blieb, wo es war, als das Präsidium in die One Police Plaza umzog, was etwa zu der Zeit geschah, als meine erste Ehe und meine erste Karriere endete und ich von einem Haus in Syosset in ein Hotelzimmer in der West 57th Street zog und meine Dienstwaffe und –marke abgab.

Damals war letztere noch ein Goldschild – denn ich hatte mich ein paar Jahre, bevor ich merkte, dass ich als Ehemann ebenso am Ende war wie als Cop, zum Detective hochgearbeitet. Deshalb hatte ich die blaue Uniform schon einige Zeit nicht mehr getragen. Ich hatte sie zusammen mit der Ausrüstung, die ein Detective nicht brauchte, in eine Schachtel gepackt und im Keller eingelagert.

Ein paar Jahre nach dem Ende meiner Ehe und meinem Auszug in Syosset rief mich Anita an, dass es im Keller zu einem Rohrbruch gekommen sei, bei dem meine Uniform und die anderen Gegenstände in der Schachtel komplett durchnässt worden seien. Was sollte sie mit den Sachen machen?

Es überraschte mich, dass sie den ganzen Krempel nicht schon längst weggeworfen hatte. Schmeiß es einfach weg, sagte ich. Alles? Ja, alles.

Also fuhr ich am Donnerstagmorgen, nachdem ich mir in der Nacht alle möglichen Vorgehensweisen überlegt hatte, zum Police Building – diesen Namen hatte der Bauträger dem Beaux Arts Building in der Centre Street verpasst, nachdem er es für Wohnzwecke umgewandelt hatte. Ich ging um die Ecke, hinter der Rathburn & Sons immer gewesen war, aber dort war jetzt ein Starbucks.

Niemand, Google eingeschlossen, erinnerte sich an den Cop-Shop. Es dauerte zehn bis fünfzehn Minuten, um zur One Police Plaza zu gehen, und ich überlegte fast die ganze Zeit auf dem Weg dorthin, wie ich auf die Idee gekommen war, Rathburn & Sons würde immer noch existieren und am gewohnten Ort seinen Geschäften nachgehen.

In der Madison Street entdeckte ich einen Laden mit einem großen Poster von Jerry Orbach als Lennie Briscoe im Schaufenster. Ich ging rein und fand den Bereich, wo sie die Schlagstöcke hatten, suchte mir einen aus und erinnerte mich an das tröstliche Gefühl, das mir meiner in meiner Zeit als Uniformträger vermittelt hatte. Ich hatte damals eine 38er an meiner Hüfte, eine wesentlich effektivere Waffe als jeder Schlagstock, aber die Pistole hatte ich immer als reine Show betrachtet. Die Möglichkeit, sie aus dem Holster reißen zu müssen, hatte ich nie in Erwägung gezogen.

Ich suchte mir einen gut ausbalancierten Schlagstock aus und ging damit an den Ladentisch. Der Mann dahinter, der sich, um eine kahle Stelle zu verbergen, eine Glatze rasiert hatte, wollte wissen, ob ich bei der Polizei sei.

»Vor langer Zeit mal«, sagte ich lächelnd. »Deshalb kriege ich vermutlich keinen Rabatt mehr, oder?«

»Sie kriegen den Schlagstock nicht mal, wenn sie den vollen Preis zahlen«, erklärte mir der Verkäufer. »Schlagstöcke gelten als tödliche Waffen.«

Anders ausgedrückt, er durfte sie nur noch an aktive Polizisten verkaufen. Während ich dafür noch eine vernünftige Erklärung zu finden versuchte, sagte er, dass er sich schon denken könnte, wofür ich den Schlagstock bräuchte.

»Amateurtheater«, sagte er. »Sie sollen einen Cop spielen, und weil Sie mal einer waren, sind Sie die Idealbesetzung für die Rolle, habe ich recht?«

»Ganz genau.«

»Die Uniform haben Sie sich in einem Kostümverleih geliehen, oder vielleicht passen Sie auch noch in ihre alte eigene, in welchem Fall ich Ihnen nur gratulieren kann. Aber Sie wollen nun mal einen von diesen Knüppeln, und den darf ich Ihnen laut Gesetz nicht verkaufen. Trifft es das in etwa?«

»Woher wissen Sie das alles?«

»Bestimmt nicht, weil ich Hellseher bin. Ich würde jetzt nicht so weit gehen zu behaupten, dass so was ständig passiert, aber Sie sind nicht der Erste, der hier reinkommt und irgendein Ausrüstungsteil will. Aber ich kann Ihnen helfen. Warten Sie kurz.«

Er ging nach hinten und kam mit einem Schlagstock zurück, mit dem er behutsam in seine Handfläche schlug. Er sah genauso aus wie der, den ich mir ausgesucht hatte, und seinem Grinsen nach zu schließen, muss mir meine Überraschung anzusehen gewesen sein. »Hier«, sagte er und hielt ihn mir hin, um ihn jedoch im letzten Moment zurückzureißen und sich damit mit voller Wucht auf seinen kahlen Kopf zu dreschen.

———•———

Balsa natürlich, erklärte er mir, als er sich vor Lachen über mein verdutztes Gesicht wieder einkriegte. Ideal für Film oder Bühne, sah absolut echt aus und kostete fast nichts, wenn man damit bei einer Aufführung oder Probe jemand eine überziehen wollte. Lumpige zwölf Dollar, während ein richtiger Schlagstock mit Mehrwertsteuer über hundert kostete. Wie viele wollte ich also haben?

Ich sagte, das müsste ich erst mit dem Regisseur klären.

———•———

Im Internet konnte man allen möglichen Ninjakram bestellen, Blasrohre und Wurfsterne und Nunchakus und andere Waffen, deren Namen ich nicht kenne. Man konnte auf eine Waffenmesse gehen und sich ein AR-15 besorgen und damit ein Dutzend Schulkinder ummähen. In Bundesstaaten, die sich dem Second Amendment besonders verpflichtet fühlten, konnte man sich einen Granatwerfer und eine Panzerfaust zulegen und, wenn man genügend Platz hatte, um sie abzustellen, auch eine Kanone.

Aber wenn man in New York City war und sich nicht als Angehöriger des NYPD ausweisen konnte, ließen sie einen nicht einmal einen überteuerten Holzknüppel kaufen.

Ich ging ein paar Minuten herum, kaufte mir an einem Loch in der Wand, das sich Joe-2-Go nannte, einen Kaffee und setzte mich in einem Pocket-Park auf eine Bank, um ihn zu trinken.

Es musste kein Schlagstock oder irgendein anderer Knüppel sein, beschloss ich, oder sonst etwas, das mich die lokalen Behörden nicht haben lassen wollten. Was es sein musste, war etwas, das ich noch an diesem Tag kaufen konnte, über den Ladentisch und bar.

Ich zog die MapQuest-App meines Smartphones zurate, warf meinen Joe-2-Go-Becher in den Müll und folgte der vorgeschlagenen Route in die Bowery.

———◦———

Früher gab es dort nur billige Absteigen und Kneipen. Erstere bestanden aus winzigen Abteilen, in die gerade mal ein Klappbett passte. Die untere Hälfte der Trennwände waren Gipskartonplatten, die obere Maschendraht. Der Lärm und der Gestank und die fehlende Privatsphäre machten richtigen Schlaf unmöglich, selbst für Männer, die Ruhe oder frische Luft oder Rückzugsmöglichkeiten nicht kannten. Man musste betrunken genug sein, um nichts mehr um einen herum mitzubekommen, und wenn man am frühen Morgen geweckt und vor die Tür gesetzt wurde, war man nicht untröstlich, nicht bleiben zu dürfen.

Ich selbst bin nie so tief gesunken, und wie ich mich kenne, hätte ich es auch nie so weit kommen lassen. Ich wäre mit Sicherheit an einem Alkoholexzess gestorben, bevor ich der Bowery so nahe gekommen wäre. Aber ich hatte in so manchen Kirchensälen die Lebensgeschichten von Männern gehört, die einige Zeit in solchen Spelunken und Absteigen verbracht oder in Mülltonnen Feuer gemacht hatten, um nicht allzu sehr zu frieren, während sie sich mit Night Train und Thunderbird vor allem von innen heraus wärmten. Einige von ihnen wurden trocken, und einige blieben es auch, und einer, der es ins Frühstadium von Korsakow-Syndrom, inklusive eines Gehirns wie Schweizer Käse, geschafft hatte, brachte es zum Leiter einer 54-Betten-Entzugsanstalt in New Jersey.

Mein Job hatte mich immer wieder in solche Absteigen geführt. Das war in der Zeit gewesen, als ich noch Uniform trug, und ich zog immer mit einem Partner los, wenn in der Station ein Anruf einging, dass jemand den Löffel abgegeben hatte. Manchmal stieß die zuständige Person nicht sofort auf die Leiche oder ließ sich mit dem Anruf Zeit, und in diesen Fällen war der Geruch noch schlimmer als der übliche Absteigenmief. Fürchterlich war es aber immer.

Ein paarmal war ich auch in richtig üble Säuferkneipen gekommen. Ein Streit lief aus dem Ruder, und ein Mann drosch einem anderen eine Flasche auf den Kopf oder stieß ihm ein Messer zwischen die Rippen. Wenn man sich mit so etwas herumschlagen musste, brauchte man dringend selbst was zu trinken, aber ich brauchte nie so dringend einen Drink, dass ich ihm mir gleich vor Ort genehmigte.

Viele Bowery-Bewohner hielten sich von den Absteigen fern und schliefen ihren Suff auf dem Gehsteig aus, was in den wärmeren Monaten nicht die schlechteste Idee war. Im Winter machte allerdings in aller Frühe ein Kastenwagen die Runde, und jeder, der noch einen Puls hatte, wurde in eine Ausnüchterungszelle verfrachtet, weil es damals so etwas wie Entzugsprogramme noch nicht gab, außer man hatte Geld und versuchte, irgendwo in Connecticut trocken zu werden.

Anschließend holte ein zweiter Wagen die Toten ab, und deren nächster Halt war Potter's Field.

Aber das ist schon eine Weile her. Heute ist die Bowery eine prestigeträchtige Adresse mit Künstler-Lofts, die sich Künstler nicht mehr leisten können, und Eigentumswohnungen für nie anwesende russische Oligarchen. Ich ging an Designerboutiquen und anderen Erkennungszeichen auf die Spitze getriebener Gentrifizierung vorbei, aber was die Bowery vor allem zu bieten hatte, waren Großhändler für Küchenbedarf, die auch Einzelhandelsgeschäfte hatten.

Ich warf in Gedanken eine Münze und betrat einen Laden, der nach einem Edvard Magnusson, vermutlich der Firmengründer, benannt war. Ich sah mich eine Weile um, bis ein hilfsbereiter Verkäufer kam und mir die verschiedenen Variationen eines Themas zeigte. Ich traf eine Wahl und bezahlte bar.

Ich hatte auch nach einem Sportgeschäft Ausschau gehalten, doch wenn ich an einem vorbeigekommen sein sollte, hatte ich es nicht bemerkt. Mir fiel ein, dass es auf meinem Weg ein großes gab, konnte mich aber nicht an seinen Namen und die genaue Lage erinnern.

Ich holte mein Smartphone heraus und ließ mir von Yelp sagen, dass ich wohl Paragon in der 18th Street, Ecke Broadway meinte.

Es war ein langer Spaziergang, aber ein guter Tag dafür. Paragon war genau da, wo es laut Aussagen meines Telefons sein sollte, und diesmal brauchte ich keinen Verkäufer, um zu finden, was ich suchte. Ich wartete an der Kasse, um zu bezahlen, als ich auf einen Jungen mit einem Rucksack aufmerksam wurde. Ich gab meinen Platz in der Schlange auf und suchte mir ebenfalls einen aus – klein, dunkelblau, preisgünstig und unscheinbar.

Ich stellte mich erneut an, bezahlte bar und verließ den Laden mit einer Einkaufstüte von Paragon und einer von Edvard Magnusson.

In keinem der Geschäfte musste ich mich als Cop ausweisen. Sie tippten die Preise ein, und damit hatte es sich.

<hr />

Ich setzte meine Wanderung in Richtung Uptown fort und bekam plötzlich wahren Heißhunger auf einen Tuna Melt mit Pommes. Ich wusste auch, wo ich einen bekommen konnte, gelangte aber rasch zu der Überzeugung, dass das idiotisch wäre. Ich musste meine Bekanntschaft mit dem Mann hinter der Theke, der kein Gesicht und keine Bestellung vergaß, nicht auffrischen.

New Yorker Diner, mit telefonbuchdicken Speisekarten und Frühstück rund um die Uhr, waren vom Aussterben bedroht.

Wie einer Vielzahl von Läden, dank deren Streifzüge durch die Stadt so viel Spaß machen konnten, hatten den meisten drastische Mieterhöhungen den Garaus gemacht; einige hatten aufgegeben, als die Söhne oder Enkel der griechischen Einwanderer, die sie gegründet hatten, zu der Überzeugung gelangten, dass es einfachere Möglichkeiten geben musste, seinen Lebensunterhalt zu verdienen. Ich ging bis zur Second Avenue hinüber, ohne einen einzigen Diner zu finden, und bis dahin waren auch meine eigenartigen Gelüste auf einen Tuna Melt wieder verflogen. Ich ging in ein Thai-Restaurant und hätte mir von der Bedienung versichern lassen, dass die Betrunkenen Nudeln tatsächlich keinen Alkohol enthielten, wenn mir nicht vorher klar geworden wäre, dass ich ihr nicht unbedingt geglaubt hätte. Deshalb entschied ich mich für eine Portion Pad Thai.

Nachdem ich bestellt hatte, ging ich mit meinen Einkaufstüten in die Toilette, wo ich mich einschloss und zwei meiner Erwerbungen in die dritte packte. Ich hängte mir den Rucksack über die Schulter, warf die Einkaufstüten in den Abfall und vergeudete ein bisschen Zeit damit, die Kaufbelege in kleine Fetzen zu reißen und die Toilette hinunterzuspülen.

Kindisch, dachte ich. Auf den Tuna Melt von Mr. Supergedächtnis zu verzichten, entbehrte nicht einer gewissen Logik, aber das hier schon.

Und es war keineswegs so, dass ich die Quittungen aus steuerlichen Gründen aufbewahren sollte. Der JanSport-Rucksack hatte unter 25 Dollar gekostet, und er war der teuerste meiner Einkäufe.

Ich stellte den Rucksack neben mir auf den Boden, als ich mein Pad Thai aß und einen Thai-Kaffee trank, der im Grund genommen ein Milchshake mit Koffein war. Ich bezahlte das Essen bar – zum Glück war ich zuvor an einem Geldautomaten gewesen, weil ich prinzipiell immer bar bezahle – und streifte mir den Rucksack über. Zuerst trug ich ihn auf dem Rücken, mit jedem Arm durch einen Tragegurt, dann hängte ich ihn mir über die rechte Schulter und schließlich über die linke.

Ich kam mir etwa so vor, als hätte ich mir eine Baseballkappe gekauft und trüge sie jetzt verkehrt herum. Zum Glück musste ich aber nicht weit gehen.

———•———

Ich fand eine Stelle, an der ich mich gegenüber von Ellens Haus auf die Lauer legen konnte. Dort stand ich geschlagene zehn Minuten, in denen niemand das Haus betrat oder verließ und in der Wohnung, die möglicherweise ihre war, kein Licht anging. Ich hatte nicht daran gedacht, Henry Loudon nach dem Wohnungsplan zu fragen, wobei das wahrscheinlich auch nicht wichtig war. Aber es war ein weiterer Punkt, den ich vergessen hatte, und somit ein weiterer unerwünschter Hinweis darauf, dass ich aus der Übung war.

Ich war wirklich zu alt für diesen Quatsch.

Ich schlug mir den Gedanken aus dem Kopf. Ich hatte niemand das Haus betreten oder verlassen sehen, und soweit ich das beurteilen konnte, war ich der Einzige, der die Straße im Auge behielt. Ich überquerte die Straße und klingelte beim Hausmeister.

Als er sich über die Sprechanlage meldete, nannte ich ihm meinen Namen. Er sagte, er käme gleich hoch.

»Nein, lassen Sie mich einfach rein«, sagte ich. »Ich komme zu Ihnen runter.«

Wenigstens wusste ich noch, wie man dorthin kam. Ich fand die hintere Treppe und ging ins Souterrain hinab. Henry Loudon erwartete mich am Fuß der Treppe und führte mich in seine Wohnung. Er hätte gerade Kaffee gemacht, sagte er, und ob ich einen wollte.

Ich ließ mir eine Tasse einschenken, und als ich ihn für seinen Kaffee lobte, ließ er sich des Langen und Breiten darüber aus, wo er die Bohnen kaufte und wie er ihn aufbrühte und dass er es in dieser Hinsicht sehr genau nahm. Dann brach er abrupt ab und entschuldigte sich, so viel geredet zu haben.

»Sie sind natürlich wegen Miss Lipscomb hier«, sagte er. »Ich glaube nicht, dass sie zurückgekommen ist. Obwohl sie natürlich kommen und gehen könnte, ohne dass ich es mitbekomme.«

Eigentlich, sagte ich, interessierte mich vor allem der Mann.

»Sie meinen, der, der nicht ihr Bruder ist. Ihn habe ich auch nicht mehr gesehen. Wenn doch, hätte ich Ihnen Bescheid gesagt.«

»Und angerufen hat er auch nicht?«

Er schüttelte den Kopf.

»Das macht nichts«, sagte ich. »Aber vielleicht sollten Sie *ihn* anrufen.«

»Sie wollen, dass ich ihn anrufe?«

Ich erklärte ihm, was ich vorhatte, und er schien sichtlich beunruhigt. Ich fragte ihn, was er hätte.

»Ich habe nicht mal mehr seine Nummer«, sagte er. »Den Zettel habe ich doch Ihnen gegeben.«

»Und ich habe ihn noch, Henry.«

»Das ist auch nicht das Problem. Meine Mama hat uns von klein auf eingeschärft, nicht zu lügen.«

»Aber unter bestimmten Umständen …«

»Ob es richtig oder falsch ist, spielt dabei keine Rolle. Das Problem ist eher, dass ich keine Übung darin habe. Ich kann einfach nicht gut lügen. Ich werde dann furchtbar nervös, und alles, was ich sage, kommt völlig unglaubwürdig rüber.«

»Mit ein bisschen Übung lässt sich das schnell ändern«, sagte ich.

———•———

Wir dürften etwa fünfzehn Minuten geprobt haben. Ich hatte ein Script mit verschiedenen Varianten entworfen, und wir übernahmen abwechselnd die Rollen von Henry und Paul. Bei diesem Improvisieren lernte Henry, auf alles zu reagieren, was Paul absehbarerweise sagen konnte, und nach und nach fühlte er sich in seiner Rolle immer sicherer.

Wir tranken unseren Kaffee aus, und dann steckte er das Handy in seine Brusttasche und vergewisserte sich, dass er den richtigen Schlüssel hatte. Ich legte meinen Rucksack an, nahm ihn aber wieder ab und fragte Henry, ob er eine Rolle Klebeband für mich hätte.

»In meinem Job?«, sagte er. »Das ist, als würden Sie einen Apotheker fragen, ob er Aspirin hat.«

Ohne zu fragen, wozu ich es brauchte, gab er mir eine Rolle Tape und ungefragt auch noch gleich eine Schere. Ich verstaute beides in meinem Rucksack. Dann gingen wir nach oben und stiegen die vordere Treppe in den dritten Stock hinauf. Als wir wieder zu Atem gekommen waren, öffnete er Ellen Lipscombs Wohnungstür. Neben der Tür war zwar ein Lichtschalter, aber ich ließ die Finger davon. In der Wohnung war es hell genug.

Ich ging mit Henry noch einmal das Telefonat durch, das er gleich führen würde, worauf er tief Luft holte und die Nummer wählte – und prompt die Augen verdrehte, weil der Anruf sofort auf die Mailbox geleitet wurde. Aber auch das hatten wir geprobt, und er sagte: »Hier ist der Hausmeister aus der 27th Street. Rufen Sie mich möglichst schnell zurück.«

Er legte auf und holte noch einmal tief Luft, und fast im selben Moment läutete sein Handy. Er sah mich an, und ich nickte.

Er ging dran und sagte: »Hausmeister.«

Wir hätten die Lautsprechen anmachen können, aber das hätte es ihm möglicherweise erschwert, seine Rolle zu spielen. Deshalb bekam ich nur eine Hälfte des Gesprächs mit.

»Sie ist hier«, sagte er. »Ihre Schwester. Vor wenigen Minuten. Sie hat bei mir geläutet und gesagt, dass sie ihre Schlüssel verloren hat und ich sie in die Wohnung lassen soll. Mhm. Mhm. Na ja, ich weiß nicht recht, wie ich sie aufhalten soll. Deshalb ist es vielleicht besser, wenn Sie so schnell wie möglich herkommen.«

Er hörte zu und sagte ein paar weitere Mal *Mhm*. Dann legte er auf und fragte mich, wie er gewesen sei.

»Von dem, was ich gehört habe«, sagte ich, »müssten Sie für den Emmy nominiert werden.«

Darüber musste er grinsen. »Er hat überhaupt nicht misstrauisch gewirkt und nur gesagt, dass er sofort vorbeikommt. Ich habe ihm gesagt, er soll einfach klingeln, dann komme ich gleich hoch.«

»Deshalb sollten Sie jetzt lieber nach unten gehen.«

»Habe ich mir auch schon gedacht. Nein, das ist doch nicht nötig.«

Was er nicht für nötig hielt, waren die zwei Hunderter, die ich ihm zusteckte. Vermutlich hatte er recht, wahrscheinlich waren sie wirklich nicht nötig. Aber vielleicht halfen sie ihm, nicht zu vergessen, auf wessen Seite er stand.

»Er hat gesagt, er hätte einen Schlüssel, er hätte ihren Ersatzschlüssel eingesteckt. Davon habe ich aber nichts mitbekommen.«

»Sie haben bloß gesehen, wie er das Höschen genommen hat.«

»Erinnern Sie mich bloß nicht. Ich werde die Tür im Auge behalten und anrufen, wenn er anrückt. Wenn ich kann.«

***

Als er gegangen war, öffnete ich den Rucksack und nahm die zwei Gegenstände heraus, die ich gekauft hatte. Einer war eine Skimaske aus schwarzer Seide, die zwei Öffnungen für die Augen und eine größere für den Mund hatte und die man sich über den Kopf ziehen konnte. Der andere war ein Fleischklopfer mit einem 25 cm langen Holzgriff und einem großen schwarzen Gummikopf, an dessen einem Ende eine gezackte Aluminiumscheibe angebracht war.

Das Schwierigste war das Warten. Ich hätte gern Licht gemacht und mich in der Wohnung umgesehen. Stattdessen zog ich, um zu sehen, wie sie passte, die Skimaske auf und nahm sie sofort wieder ab; sie wärmte einem das Gesicht zu gut. Ich wog den Fleischklopfer in der Hand, schlug ihn behutsam in meine Handfläche, zuerst mit dem Gummiende, dann mit den Metallzacken. Das war die Generalprobe, dachte ich und wartete auf den Beginn der Vorstellung.

Ich musste nicht lange warten. Fünfzehn, zwanzig Minuten später begann das Handy in meiner Brusttasche zu vibrieren. Ich ging dran, und Henry teilte mir mit einem heiseren Flüstern mit, dass unser Freund auf dem Weg nach oben war. »Er hat mich nicht gesehen«, sagte er. »Er weiß nicht, dass ich ihn gesehen habe.«

Bevor ich etwas sagen konnte, hatte er bereits aufgelegt.

Ich lauschte auf Schritte. Auf der Treppe hörte ich ihn nicht, aber dann merkte ich, dass er sich der Tür näherte. Ich postierte mich so, dass ich hinter der Tür stand, wenn er sie öffnete.

Er brauchte eine Weile, um den Schlüssel ins Schloss zu bekommen. Dann drehte er ihn, öffnete die Tür und betrat die Wohnung.

Er war ein Hüne von einem Mann, größer und schwerer als ich, und er trug eine khakifarbene Hose und einen dunkelblauen Blazer. Ich weiß nicht, was er spürte, ihre Abwesenheit oder meine Anwesenheit, jedenfalls veränderte sich die Haltung seiner Schultern, und seine Hände kamen an seine Seiten. Er war auf der Hut, und möglicherweise bekam ich nur eine Chance.

Ich ergriff sie und drosch ihm mit dem Hammer auf den Hinterkopf.

Länger, als ich erwartet hatte, stand er wie angewurzelt da. Ich hatte mich bei dem Schlag ein wenig zurückgehalten, weil ich ihm nicht den Schädel zertrümmern wollte, und das war vielleicht ein Fehler gewesen. Ich holte noch einmal aus, aber bevor ich ein zweites Mal zuschlagen konnte, wurden seine Knie weich, und er ging zu Boden und blieb reglos liegen.

»Everett Allen Paulsen. Er hatte einen in New Jersey ausgestellten Führerschein einstecken, auf dem sein vollständiger Name stand. Die übrigen Ausweise, hauptsächlich Kreditkarten, waren alle entweder auf Allen Paulsen oder E. Allen Paulsen ausgestellt.«

»Aber er hat sich Paul genannt«, sagte Elaine. »Was hatte er wohl gegen den Namen Everett?«

»Oder kurz Ev«, sagte Ellen. »Oder – keine Ahnung – Rhett?«

Als ich nach Hause kam, wollte Elaine gerade in die Croatian Church gehen. Könnte ich mir selber ein Sandwich machen? Wäre das okay? Selbstverständlich, versicherte ich ihr, und wann wäre ihr Treffen aus? Um neun? Könnte sie dann vielleicht sofort nach Hause kommen? Und Ellen mitbringen?

Ich habe mir dieses Sandwich nie gemacht. Ich stellte mich lange unter die Dusche und ließ mir das heiße Wasser in den Nacken prasseln. Hinterher zog ich mich an und setzte mich vor den Fernseher und schlief anscheinend ein. Allzu tief kann ich allerdings nicht geschlafen haben, denn meine Augen flogen auf, sobald ich Elaines Schlüssel im Schloss hörte.

Und jetzt saßen wir zu dritt im Wohnzimmer. Diesmal teilte allerdings ich mir die Couch mit Elaine, während Ellen Lipscomb auf meinem Fernsehsessel Platz genommen hatte. Ich schilderte ihnen, was ich alles unternommen hatte, und ging vielleicht etwas zu sehr ins Detail, als ich ihnen von meiner vergeblichen Suche nach einem Schlagstock und von dem Fleischklopfer erzählte, den ich stattdessen gekauft hatte.

Ein paar Jahre zuvor hätte ich mich kürzer gefasst. Ein alter Mann ist wie ein alter Fluss. Er neigt zum Mäandern und verharrt gern in den interessanten Schleifen und Biegungen, die er in die Erde frisst. Um meine Berichterstattung nicht zu sehr ausufern zu lassen, musste ich mir vor Augen halten, dass mein Ausflug in die Bowery keine umfassende Abhandlung über die Geschichte dieses altehrwürdigen Viertels, einschließlich der Schreibweise seines ursprünglichen holländischen Namens, erforderte.

Trotzdem schien sich keine meiner beiden Zuhörerinnen zu langweilen.

»Also habe ich ihm eine übergezogen«, sagte ich, »und wenn ich mich nicht im allerletzten Moment noch ein bisschen zurückgehalten hätte, hätte ich ihn wahrscheinlich umgebracht.«

»Aber das hast du nicht.«

»Ich habe ihn bewusstlos geschlagen«, sagte ich, »aber sein Körper hat ein paar lange Sekunden gebraucht, um es zu merken. Er ist einfach stehen geblieben, sodass ich schon dachte, er müsste sich nur kurz fangen, und wenn es ihm gelungen wäre, sich umzudrehen …«

»Hätte er einen Mann mit einer Skimaske gesehen«, sagte Elaine.

»Und er hätte versucht, mir die Maske runterzureißen und den Kopf gleich mit. Er ist riesig und muss auch ziemlich kräftig sein, um diesen Schlag so gut weggesteckt zu haben. Und ich bin ein alter Mann.«

»So alt nun auch wieder nicht«, sagte Ellen.

»Alt genug, um sehr erleichtert gewesen zu sein, als er zu Boden gegangen ist. Alt genug, um erst wieder zu Atem kommen zu müssen, bevor ich ihm die Hände mit Tape auf den Rücken gefesselt und ihn herumgedreht habe.«

Und seine Taschen durchsucht und seine Brieftasche gefunden und seinen Namen erfahren habe.

»Everett Allen Paulsen.« Elaine ließ sich den Namen geradezu auf der Zunge zergehen. Dann wandte sie sich Ellen zu. »Es ist wie bei Rumpelstilzchen. Jetzt, wo du seinen Namen weißt, stellte er keine Bedrohung mehr für dich dar.«

Ellen fragte mich, ob das stimmte. Hatte sie wirklich nichts mehr von ihm zu befürchten, seit sie seinen Namen wusste?

»An sich nicht«, sagte ich. »Und dass du seinen Namen weißt, ist noch keineswegs alles. Du hast auch noch seine Privatadresse in Teaneck und die seines Büros in der 56th Street, nur ein Stück östlich vom Broadway. Ich habe mir beide Adressen notiert. Und er weiß, dass ich weiß, wer er ist und wo ich ihn finden kann.«

»Nachdem du seine Brieftasche durchsucht hast ...«

»Ich habe gewartet, bis er zu sich gekommen ist. So lange war er gar nicht weg, nur ein paar Minuten. Dann hat sich seine Atmung verändert, aber seine Augen waren noch zu. Ich habe noch ein bisschen länger gewartet, und irgendwann hat er sie aufgeschlagen.«

»Und den Rächer mit der Maske erblickt«, sagte Elaine.

»Das hätte eigentlich eine beruhigende Wirkung auf ihn haben müssen.«

»Wieso? Ach so, hättest du vorgehabt, ihn umzubringen, hättest du dein Gesicht nicht vor ihm verbergen müssen.«

Ich nickte. »Andererseits muss ihm der Anblick einen gehörigen Schrecken eingejagt haben.«

»Kein Wunder. Wahrscheinlich dachte er, sich in ein Comic verirrt zu haben.«

Ellen wollte wissen, was dann passiert sei.

»Ich habe mit ihm geredet. Ich habe ihm gesagt, dass er nie mehr in deine Wohnung kommen oder dich anrufen oder sonst irgendwie Kontakt mit dir aufnehmen dürfte. Ich habe ihm klargemacht, dass ich ihn sonst finden und umbringen würde.«

»Und hat er dir geglaubt?«

»Vielleicht nicht sofort. Zuerst hat er alles abgestritten. Er würde dich nicht kennen und hätte dir nie gedroht. Und dann hat er bei Gott und was weiß ich wem noch allem geschworen, es nie wieder zu tun.«

»Ich habe nie einen Topf von dir geborgt«, sagte Elaine in einem nicht besonders überzeugenden jiddischen Akzent. Ellen sah sie verständnislos an. Ich wusste, was sie meinte, fand aber, dass das Zeit bis später hatte.

»Ich wollte mir das alles nicht anhören«, fuhr ich fort. »Ich habe ihm den Mund zugetapt. Darauf hat er ziemlich Schiss gekriegt. Es hieß nämlich, dass wir uns nicht mehr unterhalten würden. Ich glaube, er wusste, was als Nächstes kommen würde.«

»Ein bedauerlicher Unfall«, sagte Elaine in Beantwortung

von Ellens unausgesprochener Frage. »Dein Mr. Paulsen ist die Treppe hinuntergefallen.«

»Du hast ihn die Treppe hinuntergeworfen? Und wenn dich jemand gesehen hätte?«

»Das sagt man nur so«, erklärte ich ihr. »Vor langer Zeit kannte ich mal einen Cop, der hin und wieder etwas persönlich genommen hat, und den Übeltäter nur in die Station zu bringen, hat ihm nicht genügt. Deshalb hat man seine Wut mit den Fäusten oder den Stiefeln an ihm ausgelassen und seine Verletzungen damit erklärt, dass er eine Treppe hinuntergefallen ist.

»Und manchmal«, fuhr ich fort, »war es auch wirklich so. Einmal wurden Vince Mahaffey und ich zu einem häuslichen Streit in Park Slope gerufen. Nachbarn hatten es gemeldet, wegen der Schreie aus der Wohnung. Ein Riese von einem Ehemann, ein kleines Mäuschen von Ehefrau, und er hat sie richtig übel zugerichtet.«

Elaine nickte, sie konnte sich an die Geschichte erinnern. Ich hatte sie ihr wahrscheinlich mehr als einmal erzählt.

»›Alles nur halb so wild, Officers. Ich bin nur hingefallen, über irgendwas gestolpert, passiert mir ständig.‹ Mit anderen Worten, nein, sie wird nicht Anzeige erstatten. Als wir mit der Nachbarin gesprochen haben, hat sie uns erzählt, dass das nicht das erste Mal gewesen wäre. Sie hätte auch fast nicht angerufen, sagte sie, weil die Cops schon mal hier gewesen wären, aber das hätte nichts genutzt. Der Mann stritt alles ab, und die Frau behauptete steif und fest, es wäre ein Unfall gewesen und er hätte sie nicht angerührt. Deshalb versuchte sie inzwischen, es einfach auszublenden und sich nicht weiter darum zu kümmern, aber diesmal war es schlimmer gewesen als sonst, und sie hatte Angst bekommen, er könnte sie tatsächlich umbringen.

»Ich meinte, dann gäbe es wahrscheinlich nichts, was wir tun könnten. Aber Mahaffey sagte: ›Das wollen wir doch mal sehen‹, und ging in die Wohnung des Kerls zurück und zog ihn auf den Flur hinaus. ›Sie wird keine Anzeige erstatten‹, sagte der Typ. ›Sie verschwenden nur Ihre Zeit, Officer.‹ Und darauf Mahaffey: ›Kann schon sein, dass deine Frau keine Anzeige erstattet, aber ich nehme dich jetzt wegen Widerstand gegen deine Festnahme fest.‹ ›Was heißt hier Widerstand? Und gegen welche Festnahme?‹ Aber Mahaffey zerrte ihn bloß zur Treppe und versetzte ihm einen kräftigen Stoß. Der Kerl verfehlte mehr Stufen, als er traf, aber auch die genügten vollauf, weil er ziemlich unsanft auf ihnen landete, und er hat sich vollgepisst und gestöhnt und gejammert, dass er sich was gebrochen hätte, und Vince hat ihn hochgezogen und den nächsten Treppenabsatz runtergeworfen. Die Wohnung war im dritten Stock, daran erinnere ich mich noch, weil dieser Dreckskerl drei Treppen runtergeflogen ist.«

»Dein Partner hat ihn drei Treppen runtergeworfen?«

»Zwei«, sagte ich.

»Aber hast du nicht gerade gesagt …«

»Die dritte geht auf das Konto des maskierten Rächers«, sagte Elaine. »Habe ich das richtig in Erinnerung? Mahaffey wollte, dass du mitmachst, oder?«

»Damit ich ihn nicht melden konnte«, sagte ich. »Aber das hätte ich sowieso nicht getan, was er auch gewusst hat. Ihm ging es, glaube ich, eher darum, dass wir beide daran beteiligt waren. Er wollte nicht, dass ich was versäumte, wovon er glaubte, dass es mir Spaß machen würde.«

»Und? Hast es dir Spaß gemacht?«

»Dass es mir Spaß gemacht hat, würde ich nicht unbedingt sagen«, antwortete ich. »Aber es hatte was sehr Befriedigendes. Hinterher hat ihm Mahaffey Handschellen angelegt, und der arme Teufel dachte eindeutig, dass noch mehr käme, aber wir haben ihn einfach nach draußen gebracht und auf den Rücksitz unserer Streife gesetzt. ›Wenn du dich weiter deiner Festnahme widersetzen willst‹, sagte ihm Mahaffey, ›solltest du damit lieber warten, bis du es besser drauf hast.‹«

<hr />

Aber ich hatte Paulsen nicht die Treppe hinuntergeworfen, obwohl diese Vorstellung durchaus ihren Reiz gehabt hatte.

Allerdings verpasste ich ihm eine ordentliche Abreibung. Ich benutzte mehr meine Füße als meine Hände und verschonte sein Gesicht. Ich machte ausschließlich Sachen, die nur zu sehen waren, wenn er seine Kleider ablegte. Ich trat ihm in die Rippen und in den Unterleib und in die Nieren.

»Ich musste mich zwingen, es zu tun«, erinnerte ich mich. »Was viele Leute tun, sie bringen sich richtig in Rage, steigern sich total in ihren Hass hinein. Der Kerl, den man vermöbelt, ist der übelste Typ auf Erden, und man verrichtet Gottes Werk, wenn man ihn ordentlich in die Mangel nimmt. Das ist mir nicht gelungen. Für mich war er kein Bösewicht, der bestraft, sondern ein Problem, das gelöst werden musste.«

»Und hast du es gelöst?«, fragte Elaine.

»Wenn er komplett gestört ist wie diese Frau, die bei David

Letterman eingebrochen ist, vielleicht nicht. Oder wenn er ein Bilderbuchpsychopath ist, der sich nicht um die Konsequenzen seiner Handlungen schert. Aber so verrückt ist der Kerl nicht. Er war auf eine gefährliche und inakzeptable Art auf eine bestimmte Frau fixiert.« Ich sah Ellen an. »Er hätte nicht aufgehört, dir nachzustellen, und früher oder später hätte er dich gefunden.«

»Wenn du ihn nicht zuerst gefunden hättest.«

»Und ich musste ihm wehtun und ihm drohen und klarmachen, dass er sich damit nur ins eigene Fleisch schneidet. An einem bestimmten Punkt bin ich neben ihm niedergekniet und habe ihm klargemacht, wie er sich von jetzt an verhalten muss. ›Du wirst sie nie mehr anrufen‹, habe ich ihm gesagt. ›Du wirst nie mehr in die Nähe ihrer Wohnung kommen. Du wirst nie mehr nach ihr suchen oder jemand damit beauftragen, nach ihr zu suchen. Du wirst ihr keine Briefe schreiben. Und wenn du sie auf der Straße siehst, machst du auf der Stelle kehrt und gehst in die andere Richtung.‹«

»Sonst kommst du und bringst ihn um.«

»Genau.«

»Und er hat dir geglaubt?«

Ich hatte mich über ihn gebeugt und meinen Unterarm auf seinen Hals gelegt. Nicht fest, nur ganz leicht. Und dann hatte ich den Druck ein wenig erhöht und gesagt: *Wenn ich wollte, könnte ich dich jetzt umbringen.*

»Ja«, sagte ich. »Er hat mir geglaubt.«

Und nach einer kurzen Pause fragte Ellen: »Und würdest du

es tatsächlich tun? Wenn er noch mal auftaucht und mir nachstellt, was würdest du dann tun?«

»Was ich gerade gesagt habe.«

»Du würdest ihn umbringen?«

Andere Menschen zu töten, hat in meinem Leben nie eine große Rolle gespielt, und ich habe es nie leichtfertig getan. Mir fällt nur ein einziger Fall ein, in dem ich es getan habe, nachdem ich vorher genügend Zeit gehabt hatte, um darüber nachzudenken. Der Mann hieß James Leo Motley, und in gewisser Weise hatte ich es ihm zu verdanken, dass Elaine und ich wieder zusammengefunden hatten, sodass ich ihm durchaus auch hätte dankbar sein können.

Das hatte er so geschafft: Er war nach Ohio geflogen, um Elaines Freundin Connie Cooperman zu vergewaltigen und umzubringen. Danach kam er nach New York zurück und ermordete eine Reihe anderer Leute. Das Ganze endete damit, dass er unzählige Male auf Elaine einstach und sie fast umbrachte. Das Ärzteteam in der Notaufnahme rettete sie, aber eine Weile stand es Spitz auf Knopf.

Die Sache spitzte sich immer weiter zu, und als wir schließlich in Motleys Wohnung aufeinandertrafen, hätte mich das um ein Haar das Leben gekostet. Doch dann verlor er im Lauf unserer Auseinandersetzung das Bewusstsein. Verständlicherweise hasste ich ihn für das, was er getan hatte und noch zu tun beabsichtigte. Aber ich brachte ihn nicht aus Hass um – oder aus dem Wunsch heraus, ihn zu bestrafen.

Vielmehr wusste ich, dass er, selbst wenn er ins Gefängnis käme, eines Tages entlassen würde und weitermachen würde mit dem, was er bisher gemacht hatte. Denn das war, was ihn ausmachte. Es gab nur eine Möglichkeit, ihn aufzuhalten, nur eine Möglichkeit, die wirklich funktionieren würde. Falls es eine andere gab, kam ich nicht darauf.

Und deshalb tat ich, was ich tun musste.

»Ich glaube nicht, dass er dir noch einmal Ärger machen wird«, sagte ich zu Ellen. »Aber wenn er es doch versucht, ja, dann spüre ich ihn auf und bringe ihn um.«

<hr />

Ellen musste auf die Toilette, und Elaine verschwand in die Küche, um das Wasser für die Nudeln aufzusetzen. Sie seien nach dem Treffen sofort nach Hause gekommen, sagte sie, und hätten noch nichts gegessen. Ich gab zu, dass das auch auf mich zutraf.

»Außerdem hattest du einen anstrengenden Tag«, sagte sie. »Zuerst bist du ewig in der Stadt rumgelaufen, und dann hast du dir diesen Wie-heißt-er-gleich-wieder? vorgeknöpft.«

»Everett Allen Paulsen«, kam ihr Ellen zu Hilfe. »Wahrscheinlich kommt das Paul von seinem Nachnamen.«

»Ja.«

»Du hattest recht mit Rumpelstilzchen«, sagte sie. »Seinen Namen zu wissen, verleiht einem Macht über ihn. Aber du hast ihn doch nicht dort gelassen? In meiner Wohnung, meine ich.«

»Nein. Ich habe die Skimaske abgenommen, weil mir inzwischen egal war, ob er mein Gesicht sieht oder nicht. Dann habe ich ihm das Tape vom Mund gerissen und ihn hochgezogen. Er konnte sich kaum auf den Beinen halten, geschweige denn gehen, deshalb habe ich ihm den Arm um die Taille gelegt und ihn die Treppe hinuntergeführt.«

Elaine meinte, dass das nicht ganz leicht gewesen sein dürfte.

»Die Mahaffey-Methode wäre sicher einfacher gewesen«, sagte ich. »Ich hatte selbst Mühe, das Gleichgewicht zu halten, und ein paarmal wären wir fast beide die Treppe hinuntergefallen. Und dann sind wir auf der Treppe auch noch jemand begegnet. Ich habe gesagt, mein Freund hätte ein bisschen zu tief ins Glas geschaut.«

»Und das hat er dir abgenommen?«

»Es war eine Sie«, sagte ich. »Mitte siebzig, achtzig. Zierlich, dunkle Haare, Brille …«

Ellen glaubte zu wissen, wen ich meinte, wusste aber ihren Namen nicht. »Normalerweise trägt sie Ohrenstöpsel. Deshalb hat sie vermutlich kein Wort von dem gehört, was du gesagt hast.«

»Ich habe ihn nach unten gebracht«, fuhr ich fort, »und zur nächsten Ecke, wo ich ihn in ein Taxi gesetzt habe. Dem Taxifahrer habe ich eine ähnliche Geschichte erzählt: dass es mein Freund ein bisschen übertrieben hätte. Seine größte Sorge war, dass ihm der Dreckskerl das Taxi vollkotzt, aber ich habe ihm versichert, dass er sich da keine Sorgen zu machen bräuchte, mein Freund sei nicht betrunken, sein Zustand sei eine Folge von Verletzungen, die er sich im Dienst fürs Vaterland zugezogen hatte. Davon bekam er in regelmäßigen Abständen Anfälle, und das Einzige was das dagegen half, war schlicht und einfach Ruhe.«

»Stellen Sie ihm also keine Fragen«, sagte Elaine.

»Ich habe dem Fahrer Paulsens Adresse in Teaneck und

hundert Dollar für die Fahrtkosten gegeben, und weg waren sie.«

»Und du bist nach Hause gekommen.«

»Nicht sofort. Zuerst habe ich bei Henry im Keller vorbeigeschaut und ihm gesagt, dass alles in Ordnung ist und dein Bruder nicht mehr auftauchen wird.«

»Ihr falscher Bruder«, sagte Elaine. »Hat Henry nicht mitbekommen, wie du Paulsen die Treppe hinunterbugsiert hast?«

»Ich glaube, er ist ganz bewusst in seiner Wohnung geblieben. Er war sichtlich erleichtert, nicht in die Sache hineingezogen zu werden, und hat mir lieber seinen Zentralschlüssel geliehen, als selbst mit nach oben zu kommen.«

»Du bist noch mal nach oben gegangen?«

»Um aufzuräumen und die Sachen einzustecken, die ich mitgebracht hatte. Ach, da fällt mir etwas ein.«

Ich ging ins andere Zimmer und kam mit dem Rucksack zurück. Ich hatte einen fast neuen Fleischklopfer in einen Abfalleimer geworfen und eine einmal getragene Skimaske in einen anderen, weshalb nur noch ein Gegenstand im Rucksack war, den ich jetzt herausnahm und Ellen gab.

»Meine Krokotasche«, sagte sie.

»Ich wusste nicht, was du sonst noch brauchen könntest«, sagte ich. »Und als ich mich in der Wohnung umzusehen begonnen habe, hatte ich das Gefühl, deine Privatsphäre zu verletzen.«

»Du hättest Höschen finden können«, sagte Elaine. »Darf ich mal sehen? Oh, die ist aber schön. Von so einer Tasche trennt man sich nicht so einfach.«

»Ich dachte, ich würde sie nie mehr ansehen wollen«, sagte

Ellen und drückte die Handtasche an ihre Brust. »Weil er sie angefasst hat.«

»Ach was«, sagte Elaine. »Er hat auch deine Muschi zur Genüge betatscht, und die willst du doch hoffentlich auch nicht loswerden. Diese Tasche ist einmalig. Die würde ich nie im Leben hergeben.«

Die Nudeln sahen aus wie kleine Spiralen. Ich glaube, sie heißen Fusilli. Dazu gab es Paul Newman's Marinara, die Elaine mit einem Schuss Dave's Insanity-Soße aufgepeppt hatte. Einen Salat hatte sie auch gezaubert.

»Mein Standardessen«, sagte sie. »Nudeln und Salat. Zum Glück scheint es jeder zu mögen. Jedenfalls habe ich das Gefühl, nie was anderes zu kochen.«

Niemand beklagte sich. Hunger ist der beste Koch, und wir alle hatten einen gesunden Appetit mitgebracht.

Hinterher tranken wir im Wohnzimmer Tee. Ellen kam auf ihre Wohnung zu sprechen und überlegte, ob sie wieder dort einziehen sollte. »Falls er allerdings verrückter ist, als wir glauben«, sagte sie, » sollte ich es ihm vielleicht doch nicht so einfach machen, mich zu finden.«

»Andererseits«, gab ihr Elaine zu bedenken, »unterliegt sie der Mietpreisbindung, oder nicht?«

»Nur noch die nächsten acht Monate. Dann läuft die vertraglich festgelegte Frist ab, und der Vermieter kann marktübliche Preise verlangen.«

»Dann würde ich mich nach was Neuem umsehen«, sagte Elaine. »Du kannst überall wohnen.«

»Außerdem gefällt es mir in der Upper West Side, wo ich jetzt bin. Ich bleibe so lange in der Wohnung, wie mein Untermietvertrag läuft, und bis dahin finde ich vielleicht was anderes in der Gegend. Oder in Brooklyn, wo neuerdings anscheinend alle hinwollen.«

»Außer denen, die nach Harlem oder in die South Bronx ziehen.«

»Ich könnte wirklich überall wohnen. Mir darüber klar zu werden, wo ich wohnen will, ist noch das geringste meiner Probleme. Worüber ich mir vor allem klar werden sollte, ist, wer ich sein möchte.«

»Das hat keine Eile«, sagte Elaine.

»Allerdings. Diese Frau bei dem Treffen heute Abend, die wieder studieren will? Das könnte ich auch machen.«

»Zum Vorbild würde ich sie mir im Moment allerdings noch nicht nehmen.« Beide lachten, und zu mir sagte Elaine: »Sie hat uns erzählt, wie sie ihrem Prof einen geblasen hat, um eine bessere Note zu bekommen.«

»Aber man kann es nicht wirklich als Prostitution bezeichnen«, sagte Ellen. »Sie hat nämlich kein Geld dafür genommen.«

»Und außerdem hat sie sowieso eine Eins verdient.«

»Und nett war er auch, und sie hätte ihn auch so angebaggert.«

»Weil wir gerade von Geld reden, Matt«, sagte Ellen. »Du hast einiges an Ausgaben gehabt. Die würde ich dir gern erstatten.«

Ich sagte, das ginge schon in Ordnung.

»Kommt überhaupt nicht in Frage«, sagte sie. »Hundert Dollar für den Taxifahrer, und keine Ahnung, wie viele Hunderter du meinem Hausmeister zugesteckt hast. Und der Fleischklopfer und die Skimaske und der Rucksack. Warum solltest du das alles aus deiner Tasche bezahlen?«

»Keine Sorge, ich zahle dabei nicht drauf«, sagte ich. »Ganz im Gegenteil.«

»Wie das?«

»Unser Freund hatte mehr in seiner Brieftasche als seinen Ausweis und seine Kreditkarten. Er hatte über eintausendachthundert Dollar einstecken, das meiste in Hundertern und Fünfzigern.«

»Und das hast du dir alles genommen?«

»Nur die großen Scheine.«

»Da bin ich aber froh«, sagte Elaine. »Was sollen wir auch mit dem ganzen Kleingeld anfangen?«

— • —

Sie schenkte uns Tee nach, und dann begannen die beiden, sich über andere Dinge zu unterhalten, die verschiedene Tarts erzählt hatten. Bei den Anonymen Alkoholiker hätte man das als Verstoß gegen das Verschwiegenheitsgebot betrachtet, aber die Tarts sahen das offensichtlich nicht so eng, und außerdem kannte ich die Frauen nicht, über die sie sprachen.

»Ich werde nie verstehen, warum Männer darauf abfahren, zwei Frauen miteinander rummachen zu sehen«, sagte Ellen. »Oder würdest du gern zwei Typen dabei zusehen?«

Das verneinte Elaine, sagte aber, gelesen zu haben, dass relativ viele Heterofrauen gern Schwulenpornos schauten. Allerdings konnte sie sich nicht vorstellen, dass ihr Anteil auch nur annähernd an die Zahl der Männer heranreichte, die auf Sex zwischen Frauen standen.

»Ganz sicher nicht.« Und mich fragte sie: »Macht dich das an? Zwei Frauen?«

»Ich würde jedenfalls nicht fluchtartig das Zimmer verlassen.«

»Viele Kunden wollten das«, sagte Elaine. »Sie wollten sich mit mir und einer Freundin von mir treffen, aber sie wollten immer, dass wir erst ein bisschen allein rummachen, bevor sie selbst eingestiegen sind.«

»Mochtest du solche Dates?«

»Es war ganz okay für mich«, sagte sie. »Ich habe zwar nie irgendwelche Gefühle für ein Mädchen entwickelt, aber gegen den Sex hatte ich nichts.«

»Apropos Gefühle entwickeln. Erinnerst du dich noch, was diese eine Frau erzählt hat?«

Die fragliche Frau, erfuhr ich, war lesbisch. Ihre Freundin war ebenfalls in der Branche, und als ein Kunde wegen eines Dreiers anfragte, fragte sie diese Freundin. Sie zogen zusammen eine Nummer ab, und anschließend besorgte es jede dem Typen allein.

»Wie das allgemein üblich ist«, sagte Ellen.

»Und daran ist ihre Beziehung kaputtgegangen«, fuhr Elaine fort. »Sobald sie mal nur zur Show miteinander geschlafen hatten, verlor es seinen Reiz. Danach war es für sie immer so, als würde ihnen jemand dabei zusehen.«

»Mit seinem Schwanz in der Hand«, sagte Ellen. »Sie haben sich kurz darauf getrennt. Und die bittere Ironie dabei ist, dass sie ihre Freundin vor allem deshalb dafür ausgesucht hat, weil sie das Gefühl hatte, sie zu betrügen, wenn sie es mit einem anderen Mädchen machen würde.«

Ich hätte zu gern mal bei einem Tarts-Treffen Mäuschen gespielt, aber das war noch besser.

Elaine erzählte, dass ihre regelmäßige Partnerin bei diesen Dreiern ihre beste Freundin in der Branche gewesen sei. »Und hinterher waren wir sogar noch bessere Freundinnen.«

»Weil ihr diese Erfahrung miteinander geteilt habt.«

»Nicht nur deswegen. Sie war hübsch und witzig und sehr süß, und es ist mir durchaus durch den Kopf gespukt. Nicht unbedingt, dass ich richtige Fantasien hatte, aber zumindest habe ich mich gefragt, wie es wohl wäre mit ihr.«

»Im Bett.«

»Mhm. Und es war schön. Matt weiß wahrscheinlich, wen ich meine.«

Ich sagte, ich hätte zumindest eine Idee. »Connie Cooperman?«

»Ja, und auf einmal bin ich so traurig, dass ich losheulen könnte.« Zu Ellen sagte sie: »Sie hat einen richtig netten Typen kennengelernt und geheiratet und ist mit ihm – wohin? – nach Indiana gezogen.«

»Ohio«, korrigierte ich sie.

»Und dann ist jemand dorthin geflogen und hat sie und ihre ganze Familie umgebracht. Einfach grauenhaft.«

Ellen sagte: »Du hast vorhin so eine Bemerkung gemacht. Mit einem jiddischen Akzent.«

Elaine erinnerte sich nicht mehr daran, aber ich schon. »Die Frau, die den Topf geborgt hat«, sagte ich.

»Ach so. Da sind zwei Frauen, und eine beschuldigt die andere, einen Topf von ihr geborgt und nicht zurückgegeben zu haben. Und die zweite Frau streitet alles ab. ›Erstens habe ich keinen Topf von dir geborgt. Zweitens war es ein alter Topf. Und drittens habe ich ihn dir in besserem Zustand zurückgegeben, als du ihn mir geliehen hast.‹ Es ist eigentlich kein richtiger Witz. Eher eine Art Gleichnis.«

»Die Art, wie du ihn eingesetzt hast.«

»Ja.«

Eins bewirkte er, er rückte Connie Cooperman aus dem Scheinwerferlicht.

Ellen fragte Elaine, ob sie mal ein Kunde zu seiner Frau mit nach Hause hatte nehmen wollen. Nie, sagte Elaine. Zwar hatte sie einige Storys in dieser Richtung gehört, aber sie selbst war nie zu einer solchen Party eingeladen worden.

»Tatsächlich nicht?«, sagte Ellen. »Mir ist das oft passiert. Und ich muss sagen, es war jedes Mal anders. Einmal war es eindeutig seine Idee, und seine Frau hatte keinerlei Erfahrung mit Frauen und wollte es eigentlich auch nicht. Sie wollte ihm bloß helfen, seine Fantasie auszuleben.«

»Sehr entgegenkommend.«

»Andere Male hatte die Frau wesentlich mehr Erfahrung mit Frauen als ich und hatte genau Vorstellungen, was sie wollte. Und dann …«

Die Atmosphäre im Raum hatte sich geändert. Diese ganze sexuell aufgeheizte Unterhaltung, dachte ich. Sie konnte schwerlich umhin, die Körpertemperatur aller Beteiligten steigen zu lassen.

Aber es war nicht nur das.

Ellen veränderte ihre Haltung und schlug die Beine übereinander. »Da war dieses eine Paar.«

»Aha?«

»Er war richtig nett. Deutlich älter als ich und zwar wirklich deutlich. Und ich hatte mich zwei- oder dreimal mit ihm getroffen, worauf er meinte, seine Frau würde mich bestimmt mögen, und was ich davon hielte, mal zu dritt essen zu gehen?«

»Wie bei einem Date?«, fragte Elaine. »Einem richtigen Date?«

»Gewissermaßen. Trotzdem war ziemlich klar, wie das Date enden sollte. Ich habe ein schönes Kleid angezogen und mich in einem wirklich guten Lokal mit ihnen getroffen. Damit meine ich nicht irgend so einen bescheuerten Laden mit einem Degustationsmenü für zweihundert Dollar, nein, ein richtig gutes französisches Restaurant. Ich könnte nicht mehr sagen, was ich bestellt habe, aber das Essen war hervorragend und der Wein ebenfalls.«

Sie hielt inne und hing ihren Erinnerungen nach, nicht an das Essen oder den Wein.

»Ich weiß nicht, warum«, fuhr sie schließlich fort, »aber eigentlich hatte ich damit gerechnet, dass seine Frau eher mein Alter wäre als seines. Aber weit gefehlt, sie war höchstens ein paar Jahre jünger als er. Aber sie sah immer noch gut aus und hatte auf ihre Figur geachtet.«

»Eine attraktive Frau in einem gewissen Alter.«

»Und sehr nett, und total locker. Das Essen war hervorragend, und die Unterhaltung drehte sich um alles andere, nur nicht um den Grund unseres Treffens. Er war Yankees-Fan und sie Mets-Fan, und sie meinten, sie seien der lebende Beweis, dass Mischehen funktionieren können. Am Broadway lief damals gerade ein Stück von Tom Stoppard, das sie gesehen hatten und ich auch, und darüber unterhielten wir uns. Der Gesprächsstoff ist uns nie ausgegangen. Es war in jeder Hinsicht ein wundervoller Abend, und hinterher tranken wir unseren Espresso, und niemand wollte einen After-Dinner-Drink.

»Und dann sagte sie: ›Ellen, wir finden dich sehr sympathisch. Hättest du vielleicht Lust, mit uns nach Hause zu kommen?‹«

»Ich schätze mal, du bist mitgegangen.«

»Glaubst du? Ihre Wohnung war nur ein, zwei Straßen weiter, und es war ein schöner Abend, und wir sind zu Fuß gegangen. Nicht zu schnell und nicht zu langsam, denn einerseits wollten wir wirklich hinkommen, aber das Vorgefühl war zu aufregend, um es abzukürzen, wenn ihr wisst, was ich meine.«

Ich wusste, was sie meinte.

»Man konnte es richtig knistern spüren, diese spezielle Energie, die in der Luft gelegen hat. Sie wohnten natürlich in einem Haus mit einem Türsteher *und* einem Fahrstuhlführer. Die Wohnung lag im zwölften Stock, und er schloss die Tür auf und wieder zu, als wir alle drinnen waren, und sie nahm mich in die Arme und sagte mir, wie süß und hübsch ich sei. Dann küsste sie mich, und ich verlor mich total in ihrem Kuss, und dann ließ sie mich los, und er nahm ihren Platz ein, küsste mich auf den Mund und dann seitlich an meinem Hals, am

Pulspunkt. Er hatte die Arme um mich gelegt, und dann hat auch sie mich berührt.

»Ich habe euch ihre Namen noch nicht gesagt, oder?«

»Nein.«

»Gordon und Barbara. Ihre Wohnung war klasse. Antiquitäten aus allen möglichen Epochen. Kunstwerke an den Wänden. Er hat mich auf ein paar Gemälde aufmerksam gemacht und mir alles Mögliche über die Künstler erzählt, aber ich konnte mich gar nicht richtig darauf konzentrieren.

»Im Schlafzimmer hatten sie gedämpfte indirekte Beleuchtung. Er legte sein Jackett ab und hängte es über einen Stuhl, und sie kehrte mir den Rücken zu, damit ich ihr beim Reißverschluss ihres Kleids helfen konnte. Und als wir alle unsere Kleider abgelegt hatten, betrachtete sie mich von Kopf bis Fuß und schien total entzückt, und ihr werdet es vielleicht nicht glauben, aber ich habe mich wie die schönste Frau der Welt gefühlt.

»Sie kam auf mich zu und legte eine Hand auf mich. Niemand hatte seit Betreten des Schlafzimmers ein Wort gesprochen, aber jetzt sagte sie: ›Lass uns alles machen.‹«

»Es war geradezu magisch«, fuhr Ellen fort. »Sexuell unglaublich aufgeheizt, aber es schwang auch noch etwas anderes mit, etwas ganz Elementares. Ich hatte das Gefühl, etwas aus meiner Kindheit zu heilen, eine Art Trauma, von dem ich nicht einmal wusste, dass es da war. Ich erinnere mich noch ganz deutlich an einen bestimmten Moment. Ich lag auf dem Rücken und sie neben mir. Sie haben mich nicht berührt, aber sie waren nah genug, um die Wärme ihrer Körper spüren zu können. Und ich habe mich richtig geborgen gefühlt. Es war, als hätte ich mich in meinem ganzen Leben noch nie geborgen gefühlt, aber in diesem Moment schon.«

Elaine wollte wissen, ob sie die ganze Nacht geblieben sei.

»Fast. Ich bin nicht eingeschlafen, auch keiner von ihnen, und irgendwann kam der Punkt, an dem ich das Gefühl hatte, dass jetzt der Moment gekommen war zu gehen. Und niemand hat mich davon abzubringen versucht. Ich zog mich an, und Gordon gab mir einen Umschlag und bot mir an, mich nach unten zu bringen und mich in ein Taxi zu setzen, aber dazu hätte er sich anziehen müssen, und außerdem konnte mir der Türsteher ein Taxi besorgen.

»Ich bin nach Hause gefahren und habe mich ins Bett gelegt, und ich muss auf der Stelle eingeschlafen sein. Und beim Aufwachen hatte ich dieses seltsame Gefühl, eine Mischung aus Freude und Traurigkeit, und ich habe eine Weile gebraucht, um zu merken, dass ich deshalb traurig war, weil ich wusste, dass ich sie nie mehr sehen würde.«

»Aber du hast sie noch mal gesehen«, sagte Elaine.

»Woher weißt du das? Sie haben mir Blumen geschickt, nicht schon am nächsten Tag, aber am Tag danach. Nur mit ihren Namen auf der Karte, Gordon und Barbara. Mehr stand nicht darauf.«

»Die Botschaft waren die Blumen«, sagte Elaine.

»Ja, aber ich war nicht sicher, was sie genau beinhaltete. ›Danke für den wunderschönen Abend, aber wir wollen dich nie wieder sehen.‹ Ich wollte sie anrufen und mich für die Blumen bedanken, aber ich wusste nicht, ob das angemessen wäre oder was sie wollen könnten. In dem Umschlag waren tausend Dollar gewesen und dazu das Abendessen und die Blumen.«

»Das Taxi hast du selbst bezahlt«, flocht ich ein.

»Und ich habe dem Türsteher ein Trinkgeld gegeben. Und dem Jungen, der die Blumen geliefert hat, wenn wir es schon so genau nehmen wollen. Jedenfalls, ich habe nicht angerufen. Aber ein paar Tage später, als ich mich zu fragen aufgehört hatte, ob ich noch mal was von ihnen hören würde, und mich damit abgefunden hatte, dass nicht, klingelte das Telefon, und es war Gordon.

»Ich sagte ihm, wie schön die Blumen seien und wie sehr ich mich über sie gefreut hätte. Und er sagte, wie wichtig es sei, einen richtig guten Floristen zu finden, was eindeutig etwas war, worüber ich mir nie Gedanken gemacht hatte, und dann hat er gefragt, ob ich am Samstagabend Zeit hätte, mich mit ihnen zu treffen.

»Ich musste keine Sekunde überlegen und habe sofort zugesagt, aber unter einer Bedingung. Ich wollte kein Geld dafür haben. Er meinte, das sei doch Unsinn, und ich sagte, nein, das sei kein Unsinn, sondern mein voller Ernst. Und wir vereinbarten einen Zeitpunkt, wann ich bei ihnen vorbeikommen sollte.

»Und ich war ein paar Minuten zu früh dran, weshalb ich noch in ein paar Schaufenster geschaut habe, bevor ich zu ihrem Haus gegangen bin. Er öffnete mir in einem Sportsakko, aber ohne Krawatte, und sie war in einem Hausanzug, der ihr sehr gut stand. Losgegangen ist es mit Küssen, gefolgt von ein bisschen Petting auf der Wohnzimmercouch, und dann sind wir ins Schlafzimmer umgezogen. Und auf dem Weg dorthin habe ich gesagt: ›Ich hätte noch eine Bitte, aber wenn ihr sie zu komisch findet, sagt es einfach, und ich vergesse auf der Stelle, dass ich damit angekommen bin. Würde es euch was ausmachen, wenn ich euch Mommy und Daddy nenne?‹«

***

Sie hatten nichts dagegen, erzählte sie uns. Es war sogar eine Bereicherung, falls eine solche überhaupt nötig war, und sie hätte auch nicht sagen können, worin sie bestand. Sie sah sie in Abständen von etwa einem Monat noch drei weitere Male, und als sie sich beim letzten Mal verabschiedete, war ihr klar, dass sie nicht mehr anrufen würden.

Sie schaute in die Ferne, auf eine Erinnerung oder einen Gedanken. Dann sah sie der Reihe nach uns an und sagte: »Falls ihr euch fragen solltet, es war wirklich so. Alles, was ich euch gerade erzählt habe, ist genau so passiert.«

Ich wollte etwas sagen, aber sie hob die Hand, um mich davon abzuhalten.

»Was passiert ist und wie es passiert ist«, fügte sie hinzu. »Außerdem solltet ihr dazu wissen, dass ich euch diese Geschichte auch erzählt hätte, wenn ich sie mir von vorne bis hinten hätte ausdenken müssen.«

Niemand ließ eine Nadel fallen. Ich hätte es gehört.

»Ich war nie in eurem Schlafzimmer«, sagte sie. »Ist euer Bett groß genug für drei?« Sie lächelte. »Jetzt kommt schon. Ihr wisst doch, dass ihr es wollt.«

***

Als ich die Augen aufschlug, war es, weil die Morgensonne durchs Fenster fiel. Das tut sie üblicherweise immer, nur nicht an bedeckten Tagen. Aber es fällt mir selten auf, weil ich auf der anderen Seite des Betts schlafe. Deshalb war ich ein wenig desorientiert, und ich brauchte eine Weile, um zu merken, dass sich unsere Schlafgewohnheiten geändert hatten und wie und warum.

Als ich mich umdrehte, sah ich Elaine auf der anderen Seite des Betts schlafen. Sie lag auf der Seite und war von mir weggedreht. Ich war im etwa gleichen Maß erleichtert und enttäuscht, dass wir allein waren. Ich schloss die Augen, drehte mich vom Sonnenlicht fort und hätte weitergeschlafen, wenn meine Blase es erlaubt hätte. Ich stand auf und ging ins Bad, und als ich zurückkam, war Elaine wach.

»Ist das wirklich passiert?«, fragte ich.

»Entweder das, oder wir hatten beide einen sehr lebhaften Traum. Du weißt doch, dass es immer ein zwiespältiger Segen ist, eine Fantasie im richtigen Leben auszuleben? Einerseits ist man froh, es getan zu haben, und es ist auch aufregend, aber es ist nie ganz so gut, wie es war, wenn man es sich nur vorgestellt hat.«

»Nicht unbedingt.«

»Darauf wollte ich hinaus«, sagte sie. »Erst vor ein paar Tagen haben wir uns das Ganze vorgestellt, und es war durchaus amüsant ...«

»Schon ein bisschen mehr.«

»... und was wir eben gemacht haben, war besser. Ich will es nicht zerreden, aber es steht auf der Liste meiner schönsten Erlebnisse sehr weit oben.«

»Nicht weit vom ersten Platz entfernt.«

»Nein, wirklich nicht weit. Hast du es kommen sehen? Ich nämlich nicht.«

»Sobald sie die Geschichte mit dem älteren Ehepaar zu erzählen begonnen hat …«

»Dem wesentlich älteren Ehepaar.«

»Und wieviel älter.«

»Gordon und Barbara. Gordie und Barb?«

»Gordo und Babs«, schlug ich vor. »Sobald sie in dem Restaurant waren, hat mir zu dämmern begonnen, wohin das führen würde.«

»Klar, ab diesem Punkt auf jeden Fall.«

»Aber selbst dann war ich mir noch nicht annähernd sicher.«

»Weil wir darüber fantasiert haben.«

»Wir waren gewissermaßen wie diese Pädophilen, die der festen Überzeugung sind, dass das Kind mit ihnen flirtet.«

»Wirklich ein äußerst schmeichelhafter Vergleich.« Sie verdrehte die Augen. »Aber ich habe keinerlei Schuldgefühle, auch wenn wir doppelt so alt sind wie sie. Dieses Kind hatte einen multiplen Orgasmus, der fast so lang gedauert hat wie der Vietnamkrieg.«

»Weil wir gerade von ihr reden«, sagte ich. »Wo ist sie?«

»Wahrscheinlich zu Hause, und ich hoffe, das heißt, in dieser Untermietwohnung und nicht in der 27th Street. Sie ist über mich gestiegen, um aus dem Bett zu kommen, und ich bin halb wach geworden und bilde mir ein, die Dusche gehört zu haben.«

»›Dieses Paar wasche ich mir gleich mal aus den Haaren.‹ Wahrscheinlich ist sie nach Hause gefahren. Außer sie macht auf der Couch ein Nickerchen.«

»Oder sie hat es sich im Fernsehsessel bequem gemacht und liest die *Bhagavad Gita*. Ich sehe ihre Kleider nirgendwo.«

»Kann man die *Gita* nicht angezogen lesen?«

»In Yoga Pants vielleicht. Wir sind übrigens ganz schön bescheuert.« Sie stand auf, und wenig später hörte ich die Dusche. Sie kam in ein Handtuch geschlungen und mit einem Blatt Papier in der Hand zurück.

»Das hat auf dem Couchtisch gelegen«, sagte sie. »»Es war wunderschön. Ich mag euch beide sehr. Meldet euch mal wieder.‹«

»Müssen wir ihr Blumen schicken?«

»Dann müsstest du vorher Gordon anrufen, denn er weiß, wie wichtig es ist, einen guten Floristen zu haben. Nein, ich glaube nicht, dass wir ihr Blumen schicken sollten.« Sie schaute auf den Zettel. »Sie hat nicht ›Meldet euch‹ geschrieben, sondern ›meldet euch mal‹. Was ich dahingehend auffasse, dass wir sie gern anrufen können, uns aber nicht dazu verpflichtet fühlen sollen.«

»Was willst du jetzt machen?«

»Kaffee kochen und Frühstück machen«, sagte sie. »Ach so, wegen Ellen. Es stört mich nicht im Geringsten, dass ich sie wirklich mag.«

»So sehe ich es auch.«

»Und ich bin auch nicht ihre Tutorin, und überhaupt sind wir hier nicht bei den Anonymen Alkoholikern, weshalb ich keinen Grund sehe, nicht mit ihr zu vögeln.«

»Möglicherweise hilfst du ihr sogar, sich von der Prostitution fernzuhalten.«

»Immer schön einen Tag nach dem anderen«, sagte sie. »Was

wir deshalb meiner Meinung nach tun sollten, ist genau das, was sie geschrieben hat. Uns mal bei ihr melden.«

»Das kann ich nur unterschreiben. Und wenn sie uns Mommy und Daddy nennen will?«

Sie legte den Kopf auf die Seite. »›Mommy und Daddy.‹ Meine Güte. Aber wer weiß? Am Ende gefällt es uns sogar.«

Blättern Sie um für einen Bonus:
Kapitel 1 des ersten Romans der Keller-Reihe

Kellers Metier

Hört auf Soldier

(Aus dem Amerikanischen von Sepp Leeb)

K eller flog mit United nach Portland. Auf dem Flug vom JFK zum O'Hare las er eine Zeitschrift, während der Zwischenlandung in Chicago aß er zu Mittag, und auf dem Weiterflug nach Portland sah er sich den Film an. Als er um viertel vor drei Uhr Ortszeit mit seinem Handgepäck die Maschine verließ, musste er nur noch eine Stunde auf seinen Anschlussflug nach Roseburg warten.

Als er sah, wie groß das Flugzeug war, ging er an den Hertz-Schalter und sagte, dass er für ein paar Tage ein Auto mieten wollte. Er legte einen Führerschein und eine Kreditkarte vor, und sie gaben ihm einen Ford Taurus mit 230.000 Meilen auf dem Tacho. Sich das Flugticket von Portland nach Roseburg erstatten zu lassen, versuchte er erst gar nicht.

Der Hertz-Angestellte erklärte ihm, wie er auf den I-5 kam. Keller richtete den Wagen in Richtung Fahrtziel aus und stellte den Tempomat auf fünf km/h über der zulässigen Höchstgeschwindigkeit. Alle anderen fuhren ein bisschen schneller, aber er hatte es nicht eilig und wollte möglichst vermeiden, dass jemand einen zu genauen Blick auf seinen Führerschein warf. Wahrscheinlich war er okay, aber warum ein Risiko eingehen?

Es war immer noch hell, als er die zweite Ausfahrt nach Roseburg nahm. Er hatte ein Zimmer im Douglas Inn reserviert, einem Best Western in der Stephens Street, das er ohne Probleme fand. Das Zimmer lag im Erdgeschoss und nach vorne raus. Er ließ sich eins geben, das eine Etage höher und nach hinten raus lag.

Er packte aus und duschte. Im Telefonbuch war ein Stadtplan vom Zentrum Roseburgs, den er eine Weile studierte, um sich schon einmal grob zu orientieren. Dann riss er ihn heraus und steckte ihn ein, bevor er zu einem Spaziergang aufbrach. Die kleine Druckerei war nur ein paar Straßen weiter in der Jackson, zwei Häuser von der Kreuzung entfernt, zwischen einem Tabakladen und einem Fotografen, dessen Schaufenster voller Hochzeitsfotos war. Ein Schild im Fenster von Quik Print lockte mit einem Sonderangebot für Hochzeitseinladungen, möglicherweise um die Brautpaare auf sich aufmerksam zu machen, die den Fotografen nebenan aufsuchten.

Quik Print war natürlich geschlossen, ebenso wie der Tabakladen und der Fotograf und der Juwelier neben dem Fotografen und, soweit Keller das beurteilen konnte, die meisten Geschäfte des Viertels. Er blieb nicht lange. Zwei Straßen weiter war ein mexikanisches Restaurant, das schäbig genug aussah, um authentisch zu sein. Er nahm eine Zeitung aus dem Münzkasten vor der Tür und las sie, als er seine Chicken Enchiladas aß. Das Essen war gut und unglaublich billig. Wäre das Lokal in New York gewesen, wäre alles drei- bis viermal so teuer gewesen, glaubte er, und die Leute hätten vor dem Eingang Schlange gestanden.

Die Bedienung war eine schlanke Blondine, die überhaupt nicht mexikanisch aussah. Sie hatte kurzes Haar, eine Omabrille, einen starken Überbiss und am richtigen Finger einen Verlobungsring mit einem winzigen Diamanten. Vielleicht hatten sie und ihr Verlobter ihn bei dem Juwelier ein paar Straßen weiter ausgesucht, dachte Keller. Vielleicht würde der Fotograf daneben ihre Hochzeitsfotos machen. Vielleicht würden sie Burt Engleman beauftragen, ihre Hochzeitseinladungen zu drucken. Super Qualität, günstige Preise, zuverlässiger Service.

———— •◦• ————

Am Morgen kehrte er zu Quik Print zurück und schaute durchs Fenster nach drinnen. Eine Frau mit braunem Haar saß an einem grauen Metallschreibtisch und telefonierte. Am Kopiergerät stand ein Mann in Hemdsärmeln. Er trug eine Hornbrille mit runden Gläsern, und das Haar auf seinem eierförmigen Kopf war kurz geschnitten. Seine angehende Glatze ließ ihn älter aussehen, aber Keller wusste, dass er erst achtunddreißig war.

Keller stand vor dem Juweliergeschäft und stellte sich vor, wie sich die Bedienung und ihr Verlobter die Ringe aussuchten. Natürlich würden sie eine Doppelring-Trauung haben und auf den Innenseiten ihrer Ringe etwas eingravieren lassen, was sonst niemand zu sehen bekäme. Würden sie in einer Wohnung oder einem Haus leben?, fragte er sich. Bis sie genügend gespart hatten, um die Anzahlung für ein eigenes Haus leisten zu können, musste es wahrscheinlich eine Wohnung tun.

In einem Drugstore eine Straße weiter kaufte er einen unlinierten Block und einen schwarzen Filzschreiber. Er brauchte vier Blatt Papier, bis er mit dem Ergebnis zufrieden war. Wieder zurück bei Quik Print, zeigte er der braunhaarigen Frau sein Werk.

»Mein Hund ist verschwunden«, erklärte er ihr. »Deshalb dachte ich, ich lasse mir ein paar Flyer drucken und hänge sie überall in der Stadt auf.«

HUND ENTLAUFEN, hatte er in Druckschrift geschrieben. ZUM TEIL SCHÄFER, HÖRT AUF SOLDIER. TEL. 555-1904.

»Hoffentlich bekommen Sie ihn zurück«, sagte die Frau. »Ist es ein Er? Soldier hört sich jedenfalls nach einem Rüden an, aber man weiß ja nie.«

»Ja, es ist ein Rüde«, sagte Keller. »Vielleicht hätte ich das erwähnen sollen.«

»Das spielt wahrscheinlich keine Rolle. Möchten Sie eine Belohnung aussetzen? Normalerweise tun das die Leute, obwohl ich nicht weiß, ob es wirklich etwas bringt. Wenn ich den Hund von jemand fände, wäre mir die Belohnung egal. Ich würde ihn seinem Besitzer in jedem Fall zurückgeben.«

»Nicht jeder ist so anständig wie Sie«, sagte Keller. »Vielleicht sollte ich doch eine Belohnung aussetzen. Daran habe ich gar nicht gedacht.« Er legte die Handflächen auf den Schreibtisch und beugte sich vor, um auf das Blatt Papier zu schauen. »Aber irgendwie sieht das Ganze ziemlich selbstgestrickt aus. Sollte ich es vielleicht richtig setzen lassen? Was meinen Sie?«

»Keine Ahnung«, sagte sie. »Ed? Könntest du eben mal kommen und dir das ansehen?«

Der Mann mit der Hornbrille kam zu uns und sagte, seiner Meinung nach wäre bei der Suche nach einem entlaufenen Hund eine handschriftliche Nachricht besser. »Das sieht persönlicher aus«, sagte er. »Ich kann es Ihnen natürlich setzen, aber so ist die Wirkung besser, glaube ich. Vorausgesetzt, jemand findet den Hund überhaupt.«

»So tragisch ist das Ganze sowieso nicht«, sagte Keller. »Meine Frau hängt sehr an dem Hund, und deshalb würde ich ihn, wenn möglich, gern zurückbekommen. Aber mein Gefühl sagt mir, dass er nicht mehr auftaucht. Mein Name ist übrigens Gordon. Al Gordon.«

»Ed Vandermeer«, sagte der Mann. »Und das ist meine Frau Betty.«

»Angenehm«, sagte Keller. »Ich schätze, fünfzig Stück müssten genügen. Das sind wahrscheinlich mehr als genug, aber ich nehme fünfzig. Dauert das lange?«

»Wenn Sie möchten, kann ich sie Ihnen gleich machen. Dauert etwa drei Minuten und kostet sie drei fünfzig.«

»Was will ich mehr?« Keller zückte den Filzstift. »Ich setze nur noch schnell die Belohnung drauf.«

———•◦•———

Zurück in seinem Motelzimmer, ließ er sich zu einer Nummer in White Plains durchstellen. Als eine Frau dranging, sagte er: »Kannst du ihn mir schnell mal geben, Dot?« Es dauerte ein paar Minuten, dann sagte er in den Hörer: »Ja, ich bin hier. Er ist es, ganz sicher. Inzwischen nennt er sich Vandermeer. Seine Frau heißt immer noch Betty.«

Der Mann in White Plains wollte wissen, wann er zurück-
käme.

»Heute haben wir was, Dienstag? Ich habe für Freitag einen
Flug gebucht, aber es könnte sein, dass ich etwas länger brauche. Lieber nichts überstürzen. Ich habe was gefunden, wo ich
gut essen kann. Ein Mexikaner, und im Motel haben sie HBO.
Deshalb lasse ich mir Zeit und mache es gescheit. Engleman
läuft mir ja nicht davon.«

Er aß in dem mexikanischen Lokal zu Mittag. Diesmal bestellte er das Kombigericht. Die Bedienung fragte, ob er es mit
rotem oder grünem Chili wollte.

»Was schärfer ist«, sagte er.

Ein Wohnwagen vielleicht, dachte er. Man bekam sie oft
sehr günstig. Ein schöner, besonders geräumiger; wäre doch
ein super Einstieg für sie und ihren Typen. Oder noch besser, sie kauften sich ein Doppelhaus und vermieteten erst eine
Hälfte und dann, sobald sie sich was Schöneres leisten konnten, auch die andere. Mit Immobilien geht das ziemlich schnell,
man bekommt eine gute Rendite und kann zusehen, wie seine
Investitionen an Wert zunehmen. Sie müsste nicht mehr als
Bedienung arbeiten, und ihr Mann bräuchte sich nicht mehr
im Sägewerk den Buckel krumm schuften und in wirtschaft-
lich schlechten Zeiten wegen drohender Personaleinsparungen
Sorgen machen.

Du machst dich aber ganz schön ran, mein Lieber, dachte er.

Den Nachmittag brachte er damit zu, in der Stadt herumzugehen. In einem Waffenladen nahm der Inhaber, ein Mann namens McLarendon, ein paar Gewehre und Schrotflinten von der Wand, damit er sich einen Eindruck verschaffen konnte, wie sie in der Hand lagen. Auf einem Schild an der Wand stand SCHUSSWAFFEN TÖTEN MENSCHEN NUR, WENN MAN WIRKLICH GUT ZIELT. Keller unterhielt sich mit McLarendon über Politik, und über Sozioökonomie. Es war nicht allzu schwer, sich seinen Standpunkt zusammenzureimen und als seinen eigenen zu übernehmen.

»Was ich eigentlich kaufen will«, sagte Keller, »ist eine Handfeuerwaffe.«

»Sie wollen sich und Ihr Eigentum schützen«, sagte McLarendon.

»Genau.«

»Und Ihre Lieben.«

»Sowieso.«

Er ließ sich von ihm eine Pistole verkaufen. Bei Waffen gibt es, regional unterschiedlich, eine so genannte Cooling-off-Frist, damit man sich erst mal abreagiert. Man sucht sich eine Waffe aus und füllt ein Formular aus, und vier Tage später kann man wieder vorbeikommen und sie abholen.

»Sind Sie ein Hitzkopf?«, fragte ihn McLarendon. »Sind Sie jemand, der sich schnell mal das Autofenster runterlässt und auf dem Heimweg einen State Trooper abknallt?«

»Eher nicht.«

»Dann will ich Ihnen einen Trick verraten. Wir datieren dieses Formular einfach ein paar Tage zurück, und schon haben Sie Ihre Abkühlphase. Für mich sehen Sie jedenfalls cool genug aus.«

»Sie sind ein guter Menschenkenner.«

Der Mann grinste. »Das muss man in dieser Branche auch sein.«

Es hatte schon was, eine kleine Stadt wie Roseburg. Man brauchte sich bloß zehn Minuten ins Auto zu setzen, und schon war man auf dem Land.

Keller hielt mit dem Taurus am Straßenrand an, machte die Zündung aus, öffnete das Fenster. Er nahm die Knarre aus der einen Tasche, die Schachtel mit der Munition aus der anderen. Die Knarre – McLarendon hatte sie hartnäckig eine Waffe genannt – war ein 38er Revolver mit einem Zwei-Zoll-Lauf. McLarendon hätte ihm gern etwas Schwereres und Durchschlagskräftigeres angedreht. Hätte Keller gewollt, hätte er ihm wahrscheinlich mit wahrer Begeisterung eine Panzerfaust verkauft.

Keller lud den Revolver und stieg aus. In etwa zwanzig Meter Entfernung lag eine Bierdose auf dem Boden. Er hielt den Revolver mit einer Hand und zielte darauf. Vor ein paar Jahren hatten sie in Fernseh-Krimis zweihändig zu schießen begonnen, und inzwischen sah man nichts anderes mehr: Fernsehpolizisten, die durch Türen sprangen und um Ecken wirbelten, die Knarre wie einen Feuerwehrschlauch mit beiden Händen weit von sich gestreckt. Keller fand das lächerlich. Er wäre sich komisch vorgekommen, eine Knarre so zu halten.

Er drückte ab. Der Revolver bockte in seiner Hand, und er

verfehlte die Bierdose bestimmt um einen Meter. Das Krachen des Schusses hallte lange nach.

Er zielte auf alle möglichen anderen Dinge – auf einen Baum, eine Blume, einen weißen Felsbrocken von der Größe einer Faust. Aber er konnte sich nicht überwinden, noch einmal abzudrücken und die Stille mit einem weiteren Schuss zu brechen. Und wozu auch? Wenn er den Revolver verwendete, wäre er zu nah dran, um danebenzuschießen. Man kam nah ran, zielte, drückte ab. So schwer war das wirklich nicht. Dafür musste man nicht studiert haben. Jeder konnte das.

Er ersetzte die benutzte Patrone und verstaute den geladenen Revolver im Handschuhfach. Den Rest der Munition ließ er in seine Handfläche kullern und ging ein paar Meter vom Straßenrand weg, schleuderte sie mit einer seitlichen Bewegung des Arms von sich. Er warf die leere Munitionsschachtel hinterher und stieg wieder ein.

Kein unnützer Ballast, dachte er.

<hr />

Zurück in der Stadt, fuhr er an Quik Print vorbei, um sich zu vergewissern, dass sie noch offen hatten. Dann folgte er der Route, die er in den Stadtplan eingezeichnet hatte, an den nördlichen Stadtrand zur Cowslip Lane 1411, einem Haus im holländischen Kolonialstil. Der Rasen war frisch gemäht und knallgrün, und auf beiden Seiten des Wegs, der vom Gehsteig zur Haustür führte, war jeweils ein Beet mit Rosensträuchern.

In einer der Broschüren im Motel hatte es geheißen, dass Rosen eine lokale Besonderheit waren. Aber die Stadt war nicht nach den Blumen benannt, sondern nach Aaron Rose, einem frühen Siedler.

Er fragte sich, ob Engleman das wusste.

Er fuhr einmal um den Block und parkte zwei Häuser weiter auf der anderen Straßenseite. »Vandermeer, Edward« hatte der Eintrag im Telefonbuch gelautet. Keller fand das einen ungewöhnlichen Decknamen. Er fragte sich, ob sich Engleman selbst dafür entschieden hatte, oder ob ihn das FBI für ihn ausgesucht hatte. Wahrscheinlich letzteres, vermutete er. »Das ist Ihr neuer Name«, hatten sie ihm vermutlich erklärt, »und hier werden Sie jetzt leben, und beruflich werden Sie Folgendes machen.« Die Willkürlichkeit des Ganzen sprach Keller irgendwie an, so, als ob sie einem die Last der Entscheidung abnähmen. Hier ist Ihr neuer Name, und hier ist Ihr neuer Führerschein, in dem bereits Ihr neuer Name steht. Sie mögen in Ihrem neuen Leben Rohrkartoffeln und sind allergisch gegen Bienenstiche, und Kobaltblau ist Ihre Lieblingsfarbe.

Betty Engleman war jetzt Betty Vandermeer. Keller fragte sich, warum ihr Vorname gleich geblieben war. Trauten sie Engleman nicht zu, das hinzubekommen? Hielten sie ihn für einen Schussel, der im falschen Moment mit »Betty« herausplatzte? Oder war es reiner Zufall oder gar Schlamperei ihrerseits?

Gegen halb sieben kamen die Englemans von der Arbeit nach Hause. Sie hatten einen Honda Civic mit Ortskennzeichen. Offensichtlich hatten sie auf dem Heimweg Lebensmittel eingekauft. Engleman hielt in der Einfahrt an, und seine Frau öffnete die Heckklappe und nahm eine Einkaufstüte heraus. Dann fuhr er das Auto in die Garage und folgte ihr ins Haus.

Keller sah, wie im Haus Lichter angingen. Er blieb, wo er war. Als er zum Douglas Inn zurückfuhr, wurde es allmählich dunkel.

———•———

Keller sah sich auf HBO einen Film über eine Bande von Kriminellen an, die in eine Stadt in Texas gekommen waren, um eine Bank auszurauben. Ein Bandenmitglied war eine Frau, die mit einem der Bankräuber verheiratet war und mit einem anderen ein Verhältnis hatte. Keller fand, da war die Katastrophe schon vorprogrammiert. Am Ende kam es zu einer langen Schießerei, bei der jeder in Zeitlupe starb. Als der Film aus war, stand er auf und schaltete den Fernseher aus. Dabei fiel sein Blick auf den Packen Flyer, den Engleman für ihn gedruckt hatte. HUND ENTLAUFEN, ZUM TEIL SCHÄFER, HÖRT AUF SOLDIER. TEL. 555-1904. BELOHNUNG.

Guter Wachhund, dachte er. Kinderlieb.

———•———

Es war schon fast Mittag, als er aufstand. Er ging in das mexikanische Lokal und bestellte *huevos rancheros* und machte viel scharfe Soße darauf. Er beobachtete die Hände der Bedienung, als sie das Essen servierte, und dann wieder, als sie den leeren Teller abtrug. In dem kleinen Diamanten brach sich das Licht. Vielleicht landen sie und ihr Mann in der Cowslip Lane, dachte er. Natürlich nicht gleich; erst einmal kam das Doppelhaus, aber davon träumten sie wahrscheinlich, ein Haus im holländischen Kolonialstil mit so einem komischen Steildach. Wie nannte man das eigentlich genau? War das ein Giebeldach,

oder bezeichnete man damit etwas anderes? Ein Mansarden-
dach vielleicht?

Er fand, dass er so etwas lernen sollte. Man sah die Wörter
und wusste nicht, was sie bedeuteten, man sah die Häuser und
konnte sie nicht richtig beschreiben.

Er hatte sich auf dem Weg in das Lokal eine Zeitung gekauft, und jetzt hatte er den Anzeigenteil aufgeschlagen und las
die Immobilienangebote. Häuser schienen hier sehr günstig zu
sein. Man konnte ein billiges Haus für das Doppelte von dem
kaufen, was er für diese eine Woche Arbeit bekam.

Er hatte unter einem Namen, den er für nichts anderes verwendete, ein Schließfach angemietet, von dem niemand etwas
wusste, und darin hatte er genügend Bargeld, um sich hier, bar
auf die Hand, ein schönes Haus kaufen zu können.

Vorausgesetzt, das ging noch. Neuerdings hatten die Leute
bei Bargeld etwas Manschetten. Sie hatten ständig Angst, zum
Waschen von Drogengeld benutzt zu werden.

Aber spielte das eine Rolle? Er würde sich nicht hier niederlassen. Aber die Bedienung konnte gern hier leben, in einem
schnuckeligen Häuschen mit Giebeln und Mansarden.

———•———

Engleman war gerade über den Schreibtisch seiner Frau gebeugt, als Keller Quik Print betrat. »Wen haben wir denn da?«,
sagte er. »Und? Haben Sie Soldier schon zurückbekommen?«

Er erinnerte sich an den Namen, fiel Keller auf.

»Ob Sie's glauben oder nicht«, sagte er. »Der Hund ist von
allein zurückgekommen. Wahrscheinlich wollte er die Belohnung.« Betty Engleman lachte.

»Da sehen Sie, wie schnell Ihre Flyer gewirkt haben«, fuhr Keller fort. »Der Hund ist von allein zurückgekommen, bevor ich sie überhaupt verteilen konnte. Aber irgendwann werde ich sie wohl doch noch brauchen. Früher oder später wird der gute, alte Soldier bestimmt wieder abhauen.«

»Solange er wieder von selbst zurückkommt …«, meinte sie.

»Warum ich vorbeikomme«, sagte Keller. »Wie Sie sich vielleicht schon gedacht haben, bin ich neu in der Stadt, und ich habe eine Geschäftsidee, die ich gern umsetzen würde. Dafür brauche ich einen Drucker, und deshalb dachte ich, vielleicht könnten wir uns mal zusammensetzen und reden. Haben Sie Zeit, auf eine Tasse Kaffee mit mir zu kommen?«

Hinter der Brille waren Englemans Augen schwer zu lesen. »Klar«, sagte er, »gern.«

Sie gingen die Straße runter zur nächsten Ecke, und Keller sagte, was für ein schöner Tag es war. Engleman sagte kaum etwas, außer dass er ihm zustimmte. An der Ecke sagte Keller: »So, Burt, wo sollen wir Kaffee trinken?«

Engleman erstarrte. »Hab ich's doch gewusst.«

»Ich weiß, dass Sie's gemerkt haben. In dem Moment, in dem ich zur Tür reingekommen bin. Woran?«

»Die Telefonnummer auf dem Flyer. Ich habe sie gestern Abend anzurufen versucht. Dort hat aber niemand was von einem Mr. Gordon gehört.«

»Dann ist es Ihnen also gestern Abend klar geworden. Sie hätten sich natürlich bei der Nummer täuschen können.«

Engleman schüttelte den Kopf. »Ich habe mich dabei nicht auf mein Gedächtnis verlassen. Ich habe einen Flyer behalten und die Nummer davon abgelesen. Kein Mr. Gordon und kein entlaufener Hund. Aber abgesehen davon habe ich es schon vorher gewusst. Ich glaube, von dem Moment an, als Sie zur Tür reingekommen sind.«

»Dann gehen wir erst mal Kaffee trinken«, sagte Keller.

———•———

Sie gingen in ein Lokal, das Rainbow Diner hieß, und tranken ihren Kaffee an einem Tisch auf der Seite. Engleman gab Süßstoff in seine Tasse und rührte lange genug darin, um Marmorbröckchen aufzulösen. Er hatte drüben an der Ostküste für den Mann, den Keller in White Plains angerufen hatte, als Buchhalter gearbeitet. Als das FBI Englemans Boss wegen eines RICO-Vergehens dranzukriegen versuchte, bot sich Engleman als naheliegendster Ansatzpunkt an. Er war nicht wirklich kriminell, er hatte nicht wirklich etwas ausgefressen, aber sie drohten ihm mit Gefängnis, wenn er sein Schweigen nicht bräche und gegen seinen Boss aussagte. Wenn er täte, was sie von ihm verlangten, bekäme er einen neuen Namen und würde an einem sicheren Ort untergebracht. Wenn nicht, könnte er einmal im Monat durch ein Drahtmaschengeflecht mit seiner Frau reden und bekäme zehn Jahre Zeit, um sich daran zu gewöhnen.

»Wie haben Sie mich gefunden?«, wollte er wissen. »Hat jemand in Washington nicht dichtgehalten?«

Keller schüttelte den Kopf. »Ziemlich verrückte Geschichte das. Jemand hat Sie auf der Straße gesehen und erkannt und ist Ihnen nach Hause gefolgt.«

»Hier in Roseburg?«

»Nein, ich glaube nicht. Waren Sie vor einer Woche oder so verreist?«

»Ich fasse es nicht«, sagte Engleman. »Wir waren übers Wochenende in San Francisco.«

»Das könnte hinkommen.«

»Ich habe mir nichts dabei gedacht. Ich kenne nicht mal jemand in San Francisco. Ich war vorher noch nie dort. Es war an ihrem Geburtstag. Wir dachten, es wäre vollkommen ungefährlich. Ich kenne dort keinen Menschen.«

»Aber jemand hat Sie gekannt.«

»Und ist mir bis hierher gefolgt?«

»Das weiß ich nicht. Vielleicht hat er sich auch nur Ihre Autonummer notiert und von jemand überprüfen lassen. Vielleicht hat er im Gästebuch des Hotels nachgesehen. Spielt das denn eine Rolle?«

»Nein, keine.«

Engleman griff nach seiner Kaffeetasse und starrte hinein.

»Sie haben es schon gestern Nacht gewusst«, sagte Keller. »Sie sind im Zeugenschutzprogramm. Gibt es denn niemand, den Sie in so einem Fall anrufen sollen?«

»Schon«, sagte Engleman und stellte seine Tasse ab. »So berauschend ist das Programm aber nicht. Sie stellen es zwar als was ganz Tolles hin, wenn sie es einem schmackhaft machen wollen, aber in der Praxis lässt das Ganze einiges zu wünschen übrig.«

»Das habe ich auch schon gehört«, sagte Keller.

»Wie auch immer, ich habe niemand angerufen. Was sollten sie außerdem groß tun? Sagen, dass sie mein Haus und die Druckerei überwachen und mich abholen. Selbst wenn sie Ihnen was anlasten können, nützt mir das herzlich wenig. Wir müssen trotzdem wieder umziehen, weil der Typ einfach jemand anders losschickt, oder?«

»Wahrscheinlich schon.«

»Jedenfalls, ich ziehe nicht mehr um. Sie haben uns dreimal woanders hingebracht, und ich weiß nicht mal, warum. Ich glaube, das passiert automatisch, es ist Teil des Programms. Sie lassen einen in den ersten ein, zwei Jahren einfach ein paarmal umziehen. Das hier ist das erste Mal, dass wir uns heimisch zu fühlen begonnen haben, nachdem das alles angefangen hat, und inzwischen wirft Quik Print sogar was ab, und es gefällt mir hier. Ich mag die Stadt, und ich mag die Arbeit. Ich will nicht von hier weg.«

»Die Stadt macht einen netten Eindruck.«

»Allerdings«, sagte Engleman. »Es ist schöner hier, als ich dachte.«

»Und Sie wollten nicht wieder als Buchhalter zu arbeiten anfangen?«

»Um Himmels willen, nein«, sagte Engleman. »Davon habe ich endgültig die Nase voll. Sehen Sie doch selbst, was es mir eingebracht hat.«

»Sie müssten ja nicht unbedingt für Gangster arbeiten.«

»Woher wollen Sie wissen, wer ein Gangster ist und wer nicht? Aber egal, ich will keinen Job mehr, bei dem ich Einblick in die Firma von jemand anders bekomme. Lieber habe ich da mein eigenes kleines Geschäft, in dem ich zusammen mit meiner Frau arbeiten kann. Wir sind direkt an der Straße, für alle deutlich zu sehen, man braucht nur durch das Ladenfenster zu schauen. Jeder braucht Briefpapier, jeder braucht Visitenkarten, jeder braucht Rechnungsformulare und Quittungen, und ich drucke sie den Leuten einfach.«

»Wie haben Sie das Handwerk gelernt?«

»Es ist so ein Franchisesystem, ein Komplettpaket. Das kann jeder in zwanzig Minuten lernen.«

»Im Ernst?

»Klar, überhaupt kein Problem.«

Keller nahm einen Schluck Kaffee. Er fragte Engleman, ob er seiner Frau etwas erzählt hätte, was er verneinte. »Das ist gut«, sagte Keller. »Dann erzählen Sie ihr auch jetzt nichts davon. Ich bin einfach jemand, der verschiedene Projekte hat, einen Drucker braucht und erst mal sicherstellen muss, dass es keine Cashflow-Probleme gibt. Außerdem rede ich nicht gern im Beisein von Frauen über geschäftliche Dinge, weshalb wir beide ab und zu zusammen Kaffee trinken gehen.«

»Okay«, sagte Engleman.

Der arme Teufel macht sich halb in die Hosen, dachte Keller. »Wissen Sie, Burt«, fuhr er fort, »ich will Ihnen nichts tun. Wenn ich das wollte, würden wir dieses Gespräch nicht führen. Dann würde ich Ihnen eine Knarre an den Kopf halten und tun, was ich tun soll. Sehen Sie hier irgendwo eine Knarre?«

»Nein.«

»Die Sache ist nur, wenn ich es nicht tue, schicken sie jemand anders. Wenn ich unverrichteter Dinge zurückkomme, wollen sie wissen, warum. Deshalb muss ich mir was einfallen lassen. Sie wollen also auf keinen Fall abhauen?«

»Nein. Ich habe keine Lust mehr, ständig wegzulaufen.«

»Gut, dann werde ich mir was einfallen lassen. Das wird ein paar Tage dauern. Aber irgendwas fällt mir schon ein.«

———•—•—•———

Am nächsten Morgen fuhr Keller nach dem Frühstück in das Büro eines Immobilienmaklers, dessen Anzeigen er gesehen hatte. Eine Frau, die etwa im gleichen Alter wie Betty Engleman war, zeigte ihm drei Häuser. Nichts Großartiges, aber nett und gemütlich, und sie kosteten zwischen vierzig- und sechzigtausend Dollar.

Er hätte jedes von ihnen mit dem Geld aus seinem Schließfach kaufen können.

»Hier hätten wir Ihre Küche«, sagte die Frau. »Hier Ihre Gästetoilette. Hier Ihren eingezäunten Garten.«

»Ich melde mich bei Ihnen«, sagte er und steckte ihre Visitenkarte ein. »Ich stehe gerade in wichtigen Geschäftsverhandlungen, von deren Ausgang viel abhängt.«

———•—•—•———

Am nächsten Tag ging er mit Engleman mittagessen. Sie waren in dem mexikanischen Lokal, und Engleman wollte alles so wenig scharf wie möglich. »Nicht umsonst war ich mal Buchhalter«, sagte er zu Keller.

»Aber jetzt sind Sie Drucker«, sagte Keller. »Drucker vertragen scharfes Essen.«

»Nicht dieser Drucker. Nicht der Magen dieses Druckers.«

Beide tranken eine Flasche Carta Blanca zum Essen. Keller genehmigte sich danach eine zweite. Engleman bestellte eine Tasse Kaffee.

»Wenn ich ein Haus mit eingezäuntem Garten hätte«, sagte Keller, »könnte ich mir einen Hund zulegen, ohne ständig fürchten zu müssen, dass er wegläuft.«

»Ja, könnten Sie.«

»Als kleiner Junge hatte ich mal einen Hund«, sagte Keller. »Nur dieses eine Mal. Ich hatte ihn etwa zwei Jahre, als ich elf, zwölf war. Er hieß Soldier.«

»Ich habe mich schon gefragt.«

»Er war aber nicht zum Teil ein Schäfer. Irgend so ein kleiner Kläffer. Wahrscheinlich irgendeine Terriermischung.«

»Ist er weggelaufen?«

»Nein, er wurde von einem Auto überfahren. Was Autos angeht, war er total blöd, er rannte einfach auf die Straße. Der Fahrer konnte nichts machen.«

»Wieso haben Sie ihn Soldier genannt?«

»Das weiß ich nicht mehr. Und als ich dann den Flyer bestellt habe, keine Ahnung, bei ›Hört auf …‹ musste ich ja was einsetzen. Und mir sind nur Namen wie Fido und Rover und Spot eingefallen. Das ist etwa so, wie wenn man sich in einem Hotel mit John Smith einträgt. Und dann ist es mir wieder eingefallen. Soldier. Ist schon Jahre her, dass ich das letzte Mal an den Hund gedacht habe.«

<hr/>

Nach dem Mittagessen kehrte Engleman in die Druckerei zurück, und Keller ging im Motel sein Auto holen. Er fuhr auf derselben Straße aus der Stadt, die er an dem Tag genommen hatte, als er den Revolver kaufte. Diesmal fuhr er ein paar Meilen weiter, bevor er am Straßenrand anhielt und den Motor abstellte.

Er nahm den Revolver aus dem Handschuhfach, klappte die Trommel aus und ließ die Patronen in seine Handfläche kullern. Er warf sie weg, dann wog er kurz den Revolver in der Hand, bevor er ihn ins Gebüsch schleuderte.

McLarendon wäre entsetzt, dachte er. So mit einer Waffe umzugehen. Da sah man wieder, was für ein guter Menschenkenner der Mann war.

Keller stieg ein und fuhr in die Stadt zurück.

Er rief in White Plains an. Als die Frau drang ing, sagte er: »Du brauchst ihn nicht zu stören, Dot. Sag ihm einfach, ich habe meinen Flug heute nicht mehr erreicht. Ich habe jetzt für Dienstag einen gebucht. Sag ihm, es ist alles okay, es dauert nur etwas länger als ursprünglich gedacht.« Sie fragte ihn, wie das Wetter war. »Richtig gut«, sagte er. »Sehr angenehm. Glaubst du etwa, dass es nicht zum Teil auch daran liegt? Wenn es hier ständig regnen würde, hätte ich es längst erledigt und wäre wieder zu Hause.«

Samstags und sonntags war Quik Print geschlossen. Am Samstagnachmittag rief Keller Engleman zu Hause an und fragte ihn, ob er Lust auf einen kleinen Ausflug hätte. »Ich komme Sie abholen«, bot er ihm an.

Als er vor dem Haus eintraf, wartete Engleman bereits auf ihn. Er stieg ein und schnallte sich an. »Schöner Wagen«, sagte er.

»Es ist ein Mietwagen.«

»Hätte mich auch gewundert, wenn Sie mit Ihrem eigenen Auto bis hierher gefahren wären. Sie haben mir übrigens einen ganz schönen Schreck eingejagt. Als Sie gefragt haben, ob ich Lust auf einen kleinen Ausflug hätte. Sie wissen ja, woran man da in meiner Situation gleich denkt.«

»Eigentlich hätten wir Ihren Wagen nehmen sollen«, sagte Keller. »Ich dachte, ob Sie mir vielleicht die Gegend ein bisschen zeigen könnten.«

»Es gefällt Ihnen wohl hier, hm?«

»Ja, sehr«, sagte Keller. »Ich bin schon am Überlegen. Angenommen, ich bleibe einfach hier.«

»Würde er dann nicht jemand anders schicken?«

»Meinen Sie? Ich weiß nicht. Er hat sich ja auch nicht gerade die Beine ausgerissen, um Sie zu finden. Erst schon, klar, aber dann hat er es vergessen. Bis Sie zufällig irgend so ein Streber in San Francisco sieht, und klar, dann schickt er mich natürlich her, damit ich mich der Sache annehme. Aber wenn ich einfach nicht zurückkomme …«

»Dem Reiz von Roseburg erlegen.«

»Ich weiß nicht, Burt, so schlecht ist es hier doch wirklich nicht. Aber ich werde damit aufhören müssen.«

»Womit?«

»Sie Burt zu nennen. Sie heißen jetzt Ed, deshalb nenne ich Sie jetzt einfach Ed. Wie finden Sie das, Ed? Klingt das gut, Ed, altes Haus?«

»Und wie soll ich Sie nennen?«

»Einfach Al«, sagte Keller. »Was soll ich tun, hier links abbiegen?«

»Nein, fahren Sie noch ein paar Straßen weiter«, sagte Engleman. »Dort gibt es eine Nebenstraße, führt durch eine landschaftlich richtig schöne Gegend.«

Nach einer Weile fragte Keller: »Fehlt es Ihnen sehr, Ed?«

»Was? Für ihn zu arbeiten?«

»Nein. Das Großstadtleben.«

»New York? Ich habe sowieso nie richtig in der Stadt gelebt. Wir waren oben in Westchester.«

»Trotzdem, die ganze Region. Fehlt Ihnen das nicht?«

»Nein.«

»Ich wüsste gern, wie es mir damit ginge.« Darauf fuhren sie schweigend weiter, bis Keller etwa fünf Minuten später sagte: »Mein Vater war Soldat. Er ist gefallen, als ich noch ein Baby war. Deshalb habe ich den Hund Soldier genannt.«

Engleman sagte nichts.

»Allerdings glaube ich, meine Mutter hat mir was vorgemacht«, fuhr Keller fort. »Ich glaube nicht, dass sie verheiratet war, und ich habe den Verdacht, dass sie nicht wusste, wer mein Vater war. Aber das habe ich nicht gewusst, als ich den Hund Soldier genannt habe. Eigentlich ein blöder Name für einen Hund, wenn man sich's genauer überlegt. Soldier. Es ist auch ziemlich blöd, einen Hund nach seinem Vater zu nennen.«

Am Sonntag blieb er auf seinem Zimmer und schaute im Fernsehen Sport. Das mexikanische Lokal war geschlossen; er aß zu Mittag in einem Wendy's und zu Abend in einem Pizza Hut. Montagmittag ging er wieder in den Mexikaner. Er hatte die Zeitung dabei und bestellte das Gleiche wie beim ersten Mal, Chicken Enchiladas.

Als ihm die Bedienung hinterher einen Kaffee brachte, fragte er sie: »Wann ist die Hochzeit?«

Sie sah ihn verständnislos an. »Die Hochzeit«, wiederholte er und deutete auf den Ring an ihrem Finger.

»Ach so«, sagte sie. »Ich bin nicht verlobt. Der Ring ist von meiner Mom, aus ihrer ersten Ehe. Sie hat ihn nie getragen, deshalb habe ich sie gefragt, ob ich ihn tragen könnte, und sie hatte nichts dagegen. Ursprünglich habe ich ihn an der anderen Hand getragen, aber hier passt er besser.«

Seltsamerweise ärgerte ihn das, gerade so, als hätte sie die Fantasie betrogen, die er um ihre Person gesponnen hatte. Er ließ das gleiche Trinkgeld wie immer auf dem Tisch und machte einen langen Spaziergang durch die Stadt, schaute in Schaufenster, ging eine Straße rauf, die nächste runter.

Er dachte, dann könntest doch *du* sie heiraten. Einen Verlobungsring hatte sie bereits, Ed konnte die Einladungen drucken, aber wen würde er einladen?

Und ihr könntet euch ein Haus mit einem eingezäunten Garten kaufen und einen Hund zulegen.

Lächerlich, dachte er. Vollkommen lächerlich.

Als es Zeit zum Abendessen wurde, wusste er nicht, was er tun sollte. Er wollte nicht in das mexikanische Lokal gehen, hatte perverserweise aber auch keine Lust, woanders hinzugehen. Noch ein mexikanisches Essen, dachte er; am liebsten hätte er den Revolver wieder gehabt, um sich erschießen zu können.

Er rief Engleman zu Hause an. »Könnten wir uns in der Druckerei treffen. Es ist wichtig.«

»Wann?«

»So bald wie möglich.«

»Wir sitzen gerade beim Essen.«

»Dann lassen Sie sich auf keinen Fall beim Essen stören«, sagte Keller. »Wie spät ist es jetzt, halb acht? In Ordnung, wenn wir uns in einer Stunde treffen?«

Er wartete im Eingang des Fotografen, als Engleman in seinem Honda vorfuhr und vor der Druckerei parkte. »Ich wollte Sie nicht stören«, sagte er, »aber mir ist eine Idee gekommen. Könnten Sie aufschließen? Ich möchte Ihnen drinnen was zeigen.«

Engleman schloss die Tür auf, und sie gingen nach drinnen. Währenddessen erzählte ihm Keller, er wüsste jetzt eine Möglichkeit, wie er in Roseburg bleiben könnte, ohne sich wegen des Mannes in White Plains Sorgen machen zu müssen. »Dieses Ding da«, sagte er und deutete auf eins der Kopiergeräte. »Wie funktioniert es?«

»Wie es funktioniert?«

»Wofür ist dieser Knopf da?«

»Der hier?«

Engleman beugte sich vor, und Keller zog die Drahtschlinge aus seiner Tasche und schlang sie ihm um den Hals. Die Garrotte wirkte rasch, effektiv, lautlos. Keller vergewisserte sich, dass Englemans Leiche an einer Stelle war, wo man sie von draußen nicht sehen konnte, und wischte seine Fingerabdrücke von allen Oberflächen, die er berührt haben könnte. Er machte das Licht aus und schloss die Tür hinter sich.

Im Douglas Inn hatte er bereits ausgecheckt, und jetzt fuhr er direkt nach Portland. Der Tempomat des Ford war knapp unterhalb der erlaubten Höchstgeschwindigkeit eingestellt. Nach etwa einer halben Stunde machte er das Autoradio an und versuchte, einen erträglichen Sender zu finden. Als er keinen fand, der ihm gefiel, gab er auf und schaltete das Radio aus.

Irgendwo nördlich von Eugene sagte er laut: »Mein Gott, Ed, was hätte ich denn anderes machen sollen?«

Er fuhr durch Portland und nahm sich in einem ExecuLodge am Flughafen ein Zimmer. Am Morgen gab er den Leihwagen zurück und vertrieb sich mit einer Tasse Kaffee die Zeit, bis sein Flug aufgerufen wurde.

Nach der Landung am JFK rief er sofort in White Plains an. »Alles klar«, sagte er. »Ich komme morgen irgendwann vorbei. Erst mal möchte ich bloß noch nach Hause, ein bisschen schlafen.«

<hr />

Am nächsten Nachmittag fragte ihn Dot in White Plains, wie ihm Roseburg gefallen hatte.

»Gut«, sagte er. »Richtig nette kleine Stadt, nette Leute. Ich wollte dort bleiben.«

»Ach, Keller«, sagte sie. »Hast du dir etwa wieder Häuser angesehen?«

»Nicht wirklich.«

»Egal, wo du hinfährst«, sagte sie, »willst du dich dort immer gleich niederlassen.«

»Es war wirklich schön dort, Dot. Und im Vergleich zu hier ist das Leben dort unglaublich billig. In diesem Bundesstaat haben sie nicht mal eine Mehrwertsteuer, stell dir vor.«

»Ist die Mehrwertsteuer ein großes Problem für dich, Keller?«

»Dort könnte man ein anständiges Leben führen«, sagte er.

»Eine Woche vielleicht«, sagte sie. »Dann würdest du durchdrehen.«

»Glaubst du wirklich?«

»Jetzt hör aber mal. In Roseburg, Oregon? Das glaubst du doch selbst nicht.«

»Wahrscheinlich hast du recht«, sagte er. »Länger als eine Woche würde ich es dort wahrscheinlich wirklich nicht aushalten.«

Ein paar Tage später durchsuchte er seine Taschen, bevor er ein paar Sachen in die Reinigung brachte. Er fand den Stadtplan von Roseburg und studierte ihn. Er wusste noch genau, wo was war. Quik Print, das Douglas Inn, das Haus in der Cowslip Lane. Der Mexikaner, die anderen Lokale, in denen er gegessen hatte. Der Waffenladen, die Häuser, die er sich angesehen hatte.

Es schien alles so lang her zu sein, dachte er. So lang her und so weit weg.

An meine deutschen Leser: Ich hoffe, dass Sie Gefallen an diesem Matthew-Scudder-Roman gefunden haben. Wenn Sie über zukünftige Veröffentlichungen meiner Bücher auf Deutsch informiert werden möchten, schicken Sie einfach eine E-Mail mit dem Betreff «German mailing list" an lawbloc@gmail.com. (Ich versende auch einen Newsletter auf Englisch und würde Sie mit Freude auch auf diese Liste setzen; falls gewünscht, fügen Sie einfach «English also" hinzu.)

Über den Autor

Lawrence Block schreibt seit einem halben Jahrhundert preisgekrönte Kriminalromane und Spannungsliteratur. In seinem neuesten Buch, einer Fortsetzung seiner erfolgreichen Hopper-Anthologie *In Sunlight or in Shadow*, finden sich unter dem Titel *Alive in Shape and Color* 17 von einem bekannten Gemälde inspirierte Kurzgeschichten von Autoren wie Lee Child, Joyce Carol Oates, Michael Connelly, Joe Lansdale, Jeffery Deaver und David Morrell.

Blocks zuletzt erschienener Roman ist *The Girl with the Deep Blue Eyes*, von seinem Hollywood-Agenten als »James M. Cain auf Viagra« gerühmt. Zu seinen neueren Romanen zählen außerdem *The Burglar Who Counted the Spoons*, in dem Bernie Rhodenbarr im Mittelpunkt steht, *Hit Me* mit dem Briefmarkensammler und Auftragsmörder Keller sowie *A Drop of the Hard Stuff* mit Matthew Scudder. 2014 wurde Scudder von Liam Neeson in der Verfilmung von *Ruhet in Frieden – A Walk Among the Tombstones* brillant auf der Leinwand verkörpert. Auch andere Romane Blocks wurden verfilmt, allerdings mit geringerem Erfolg.

Block erhielt auch für seine Bücher für Autoren große Anerkennung, darunter Klassiker wie *Telling Lies for Fun & Profit* und *Write for Your Life*. Zuletzt hat er mit *The Crime of Our Lives* eine Sammlung von Aufsätzen über das Genre des Kriminalromans und dessen Vertreter veröffentlicht.

Neben seinen Prosawerken hat Block auch Drehbücher für die Fernsehserie *Tilt* und den Film *My Blueberry Nights* von Wong Karwai geschrieben. Block soll ein zurückhaltender und bescheidener Mann sein, auch wenn man das aufgrund dieser autobiographischen Skizze keinesfalls erwarten würde.

Email: lawbloc@gmail.com
Twitter: @LawrenceBlock
Facebook: lawrence.block
Homepage: lawrenceblock.com

Über den Übersetzer:

Sepp Leeb hat Amerikanistik und Germanistik studiert und lebt als Übersetzer in München. Neben Lawrence Block hat er auch Thomas Harris und Michael Connelly ins Deutsche übersetzt.

Die Keller-Romane:

Kellers Metier (Hit Man)
Kellers Konkurrent (Hit List)
Kellers Hitparade (Hit Parade)

Die Matthew-Scudder-Romane:

#1 *Die Sünden der Väter (The Sins of the Fathers)*

#2 *Drei am Haken (Time to Murder and Create)*

#3 *Mitten im Tod (In the Midst of Death)*

#4 *Tief bei den ersten Toten (A Stab in the Dark)*

#5 *Acht Millionen Wege zu sterben (Eight Million Ways to Die)*

#6 *Nach der Sperrstunde (When the Sacred Ginmill Closes)*

#7 *Am Rand des Abgrunds (Out on the Cutting Edge)*

#8 *Ein Ticket für den Friedhof (A Ticket to the Boneyard)*

#9 *Tanz im Schlachthof (A Dance at the Slaughterhouse)*

#10 *Ruhet in Frieden (A Walk Among the Tombstones)*

#11 *In Teufels Küche (The Devil Knows You're Dead)*

#12 *Der Club der Toten (A Long Line of Dead Men)*

#13 *Im Namen des Volkes (Even the Wicked)*

#14 *Alle sterben (Everybody Dies)*

#15 *Der zweite Tod (Hope to Die)*

#16 *Die Blumen, sie sterben alle (All the Flowers are Dying)*

#17 *Ein Schluck vom harten Stoff (A Drop of the Hard Stuff)*

#18 *Die Nacht und die Musik (The Night and the Music –* the complete short stories)

#19 *Das letzte Licht des Tages (A Time to Scatter Stones)*

Auf Deutsch erschienene Matthew-Scudder-Kurzgeschichten:

Weitere Bücher von Lawrence Block: